24色のエッセイ

人生を変える文章塾「ふみサロ」の奇跡

ふみサロエッセイ集
制作委員会

JN080390

みらい PUBLISHING

「24色のエッセイ」を手にとってくださった皆さまへ

この本は、価値観も趣味もばらばらな24人が、感性を炸裂させてつづったエッセイの詰め合わせ。24人の共通点は、文章修行塾「ふみサロ」のメンバーであることです。

「ふみサロ」では、毎月課題の「本」が提示されます。ときには課題本すら提示されない自由課題もあります。エッセイのもとになった本と課題の一覧は、冒頭のみに表記しており、エッセイごとに記してはおりません。読書感想文ではなく、一つの独立したエッセイとして読んでほしい。そんな想いがあるからです。

どんな本や課題をもとに書かれたのか、想像しながら読んでみてください。24人の個性が皆さまの心に届けば、とても嬉しく思います。　　――編集部

はじめに

「ふみサロ」エッセイ集制作編集委員　1期生　吉田真理子

それが、エッセイ塾「ふみサロ」。

1回の講座で二度、いや三度四度、何度となく「ビックリ」が押し寄せる。

「そうきたか⁉」「そこ?」

選定された課題本を読み、それにちなんだエッセイ（リブリオエッセイという）を書く。提出した後、相互評価の会（現在はZoom）に参加、その後作品を自分のブログなどに発表する。至ってシンプルではある。

ところが、そもそも本は塾長の城村典子先生の気分で選ばれる。

「え！　その本でエッセイ書くの?」というような本。最初のビックリ。

時は無情に過ぎる。締め切りまで息を切らしながら、作品を提出。ホッとする間もなく、他の参加メンバーの作品を読んでビックリ（2回目）。同じ本からエッセイを書いているとは思えないほど、感じ方バラバラ。「そうくるの?」

そして、相互評価の会（合評会）での、評価のコメントに「え！　そこ?」と、またビックリ。

さらにその評価に対して、当人が感想を話すのだが、「ええええ。その反応」というビックリ……。


「エッセイ塾始まるってよ」

「はい、やりたいです」

よく分かってないまま、ノリと勢いだけで手を挙げ、参加した私。加入からはや2年になるというのに、いまだに、毎回、城村先生から出される課題のビックリから始まり、ピンボールのように、あっちでビックリ、こっちでビックリし続けている。人というのは、こんなにも感じ方が違うのか。


エッセイ塾に入って第1回の会での課題は「自らを知ること」。これは、全てのエッセイを書く上での共通したテーマでもある。

「本から『刺激』を受け、自分の中に取り入れ、発露した感覚を、自分の過去のエピソード（出来事）の材料と交えてエッセイを書く」。城村先生はそれがリブリオエッセイだという。しかも、本は「読んでも読まなくてもいい」。なんだそりゃ？　である。

ピンボール状態は、私ばかりでない。周りのメンバーも「きょとん」or「目を白黒」。ああ、私だけじゃないとホッとしつつも頭の中は「?・?・?・?・」。ピンボール状態を受け止めるのに夢中になっているうち、あれよあれよで文章が研磨されていく。自分に文章が書けるかとか、恥ずかしいとかの自意識過剰・中二病の入るスキなどまったくない。

課題図書を入手すると、エッセイの作成。本の文章にとらわれないよう注意を払いつつ、たくさん並ぶ単語から自分を表すものを選び、文章化する。

まるで、入試の小論文みたいだと思ったが、いざペンを握ってみると（いや、キーボードに向かうと）思いがけず己の過去と対峙《たいじ》することになる。

選んだ単語から想いを馳《は》せる「楽しかったあんなこと」「忘れてしまいたいこんなこと」「開けてはならないパンドラの箱」「語りたくない内緒の宝箱」等々……。

自分という名のブラックボックス、ネタの宝庫への扉が驚くべき量で存在していた。

さあ、どれなら出して構わない??

回を重ねるに従い、課題本の選定にも度肝を抜かれることになる。

ドキュメンタリー本、ビジネス本、法的実用本、絵本、古典文学、詩集、アート作品集、オタク本、体操の実用本、料理本、大ベストセラー本、自己啓発本、等々（順不同）。ありとあらゆる分野にわたり、全くの予測不能。

毎回の課題本発表で、「今度はそっち?」。どーしたら、そっちへ行く思考がうまれるかな??

城村先生の頭の中を覗いてみたい。

そもそも、「事業資金の集め方」という本からどうやってエッセイを書けと?

あるときは「バンクシー関連本」と放り投げられ、「ば・ん・く・しー?」。なにそれ、美味しいの?

メンバーともよく話す。「この塾に入らなかったら自分では絶対読まない買わない分野の本」を突きつけられる、このドキドキ感。

それを手にして、書評でも、読書感想文でもなく自分を語るため、記憶の扉をあーでもないこーでもないと開け閉めし、無理やり、こじつけ、関連性を探す。

時には、封印していた感情が溢れ出し、歯止めがきかないまま、文章に表す。そうやって汗と涙、血まみれに、時にはハラワタそのままぶちまけて書いた作品たち。（同じものをもう一度書けと言われても、そのテンションを再現するのは難しい）それらが一堂に会し、相互評価を受ける。

するとどうだろう。

渾身の一撃！　で書いたところでない、全く違う文章に「感銘を受けました」と。

まさに「そこ？」。

同じ本を読んでいるにもかかわらず、展開される世界はまさに十人十色。

「え？　そうきた？」「そこへ行く？」

体験、価値観、環境の違い、「人それぞれ」をまざまざと見せつけられ、言葉を失う。中にはクローズの場だからこその、見るも涙、語るも涙の深い過去話も飛び出す。変なぐさめや、おべんちゃらを言う人は一人もいない。自分の心に感じたことを、尊敬の念を持って、作者と作品に講評する。「ふみサロ」に入って、多様な価値観で形成されるこの社会を、身をもって体感し、そこに希望を感じている。誰も言葉で確認し合わないがそう思っている。

リアルならではの心を掴む力。テクニックだけでさらっと書いたところで、人の心は動かない。

相互評価の場、合評会で、もう一人の「ふみサロ」プロデューサー兼ゲスト講師後藤勇人先生からも、ニコニコしながら「なんか流して書いたよね？」とバレて滝汗、もあるあるな話。


本は時空を超えるVR（バーチャルリアリティ）！

過去も未来も、どんな人にも、人以外にもなれ、喜怒哀楽、あらゆる環境を疑似体験でき、人類の叡智も詰まっている。悲しい体験も、ありえないビックリ体験も、エッセイを通してさらに自分に落とし込んだ時、誰にも真似の出来ない「自分だけの真実の物語」が誕生する。

読まなければ、書かなければ、発表しなければ、講評しなければ開かなかった新しい世界の扉が開く。

さあ、あなたもリブリオエッセイという鍵を手にして、自分というミラクルワールドの扉を開け、冒険の旅にでかけよう。

読者のみなさんもやってみよう！

1　課題図書に触れてみる（買ってよし、買わなくてもよし、読んでもよし、読まなくてもよし）
2　そこからエッセイを書く
3　このエッセイ集の作品を読み比べる
4　自分だったらそれぞれの作品にどうフィードバックするか考えてみる
5　面白かったら、「ふみサロ」に参加！

目次

第2章　もっとヘンなエッセイ

第3章　朝と夜のはざまにエッセイ

第4章 なつかしあわせエッセイ

第5章 『父滅の刃』エッセイ

第6章 『ツレうつ』エッセイ

第7章　エッセイを書くと、なぜ人生が分かるのか？

エッセイのもとになった、本と課題の一覧

「ふみサロ」塾では、共通の課題もしくは課題本をもとにエッセイを書きます。ここでは、章ごとに取り上げた課題・課題本と、それをもとに書き上げた各エッセイのタイトルを記しています。

第1章

▼**「バンクシー」をテーマとして**（2020年10月課題）

「この日常に、起こせプチテロ」「パンクなネズミ～BANKSY～」「かわいい小さな表現者」「落書きは自由への大衆の叫び」「バンクシーから学んだこと」「〝バンクシー〟私も体験していた」「バンクシーは生きていく上の当たり前を訴えている？」

▼**『奇跡の朗読教室─人生を変えた21の話』**斉藤ゆき子著／新泉社（2019年9月課題本）

「自我の解放」「『読む人』から『奏でる人』に」

第2章

▼**『もっとヘンな名湯』**岩本薫著／みらいパブリッシング（2020年4月課題本）

「い・け・な・い……モヤモヤ♨」「『ヘン』と『普通』」「紺色の壁とグレーの浴槽」

▼**『歯周病はすぐに治しなさい！ ―口腔から老化と心臓・腸・脳の大病がはじまる！』**
森永宏喜著／さくら舎（2020年6月課題本）
「命どぅ宝　歯も宝」「祖母と入れ歯」

▼**『ネイティブの〝子ども英語〟で通じる英会話』** 甲斐ナオミ著／あさ出版（2020年5月課題本）
「英語はネイティブから学ぶべきである理由」「〝ネイティブ〟から連想〝ネイティブ・アメリカン〟」「英語が話せない英語の先生になった話」

第3章

▼**「私の仕事・ビジネス」**（自由課題）
「鬼滅の刃　仮想道徳授業に見る私の未来」「カウンセラーへの道のり」「Twitter で、誰でも出来るプチ情報発信の魅力とは？」「自由と自立と自律と」

▼**『女性が仕事で夢を叶える！心磨き7レッスン』** 後藤勇人著／みらいパブリッシング（2019年8月課題本）
「ショッキングピンクの男性《ひと》」

▼『**結果を出し続ける人が朝やること**』後藤勇人著／あさ出版（2019年10月課題本）
「座禅」「視覚障がい者なりの〝やることリスト〟管理法」

▼『**結果を出し続ける人が夜やること**』後藤勇人著／あさ出版（2020年7月課題本）
「ただいまのあと」「ならば、どんな今日を過ごそうか？」「ピンチはチャンス」

第4章

▼『**なつのおと みつけた**』作・絵 みやじまみほこ 文 たにいくお／みらいパブリッシング（2020年2月課題本）
「夏の音」「波うちぎわに向かう道」「鮮やかで悲しい」「なつのおと」

▼『**白**』芥川龍之介著（2020年3月課題本）
「遠い日の思い出『クロ』」「犬が犯した罪と罰」「障がいとパフォーマンス」

▼『**幸せは搾取されない**（詩の時間シリーズ）』松崎義行著／ポエムピース（2019年12月課題本）
「幸せは搾取されない」「しあわせいろいろ」

第5章

▼『父滅の刃〜消えた父親はどこへ　アニメ・映画の心理分析〜』樺沢紫苑著／みらいパブリッシング（2020年8月課題本）

全作品

第6章

▼『ツレがうつになりまして。』シリーズ」細川貂々著（幻冬社、幻冬舎文庫）（2020年9月課題本）

全作品

第7・8章

▼「3つの価値観」に基づくエッセイ（自由課題）

全作品

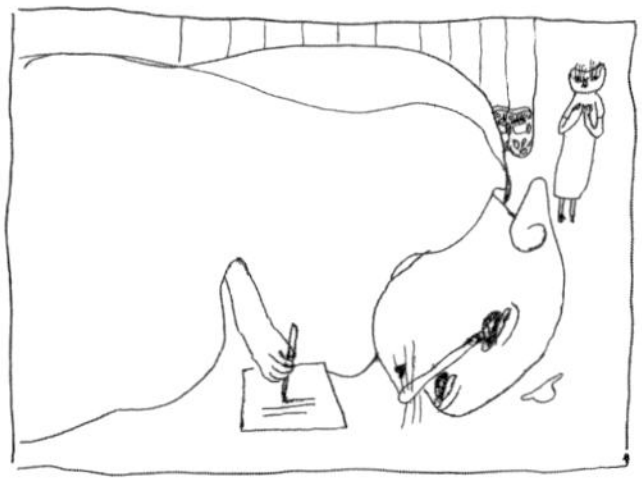

第1章　ハジマるエッセイ塾

この日常に、起こせプチテロ

みやけちあき

通りがかりに、描きかけの、ビルの壁画を見ました。全体の3分の1ほど仕上がっていて、花々や虹や鳥や風船がカラフルに描かれていてメルヘンチック。万人受けして目に心地よく調和がとれて見栄えもいい。求められ待たれて歓迎されるアートです。誰も不愉快にさせないし、警察に被害届も出されない、テロとは無縁のアートです。

私も絵を描く一人だけれど、きれいなものしか描けなくて、絵を崩せ崩せと、よく叱られた。整え方ならイヤというほど習ってきたけど、崩し方は誰にも習ってこなかった。生き方を少し崩してみたときに、たぶん私の絵も変わる。バンクシーになれたらいいな。足場を崩してなお愛される。規格を外れてこそ慕われる。思ったことが絵に描けて、発信したら即ファンがつく。そんな手ごたえのある人生を、私も一度は生きてみたい。

本音を薄めて生きるうち、いよいよしんどくなってきた。素直な本音を世に出して、世間にＹＥＳと言われたい。たぶん私も、根っこのところは、バンクシー。バンクシーが押す背中なら、私は素直に押されたい。バンクシーに押される背中で、この日常に起こせプチテロ。

バンクシーは、今、時の人。彼の一挙手一投足のすべてがお金に換算される。一方、私は名もない主婦で、誰の話題もさらわない。真心こめてすることすべてに対価がない。

心の本音が外にでるとき人は誰もがバンクシー。足場を壊して愛されなくても、規格を外れて慕われなくても、もう、いいか。他人と違っていることで私たちは生きられる。ずっとバンクシーを待っていた。でもバンクシーはここにいた。日常を非日常に、平凡を非凡に、不足を充足に、変えられるのは自分だけ。

バンクシーは私の転機。バンクシーは私の好機。バンクシーにありがとう。主婦の私の日常にプチテロの仕掛け方を笑って教えてくれた人。

パンクなネズミ～ＢＡＮＫＳＹ～

真恵原佳子

イギリスとネズミ……といえば、多くの人がバンクシーを思い浮かべるのではないでしょうか？

バンクシーを知る以前、イギリスとネズミといえば、私には『１９８４年』しか思い浮かびませんでした。『１９８４年』は、イギリスの作家ジョージ・オーウェルの有名な小説で、ネズミが何より嫌いな主人公が全体主義に飲み込まれていく様を描いた鬼気迫る作品です。私の世界の見方を変えてくれた一冊です。バンクシーもよく「監視社会」を批判しています。

20年程前の冬、ウィーンからプラハまで国際列車に乗りました。どこまでもなだらかな丘陵の続くボヘミアの大地を車窓から眺めていました。オーストリア圏内からチェコに入った頃、雰囲気が変わりました。工場のような建物が現れ始め、その壁や停車している電車の車両、線路沿いのフェンス板に描かれた落書きが目に付くようになったのです。当時の私は、落書きは不可解な暗号のようで、器物損壊にあたる犯罪行為であり価値のないものという考えに支配されていました。今思えば、チェコは1989年のビロード革命からまだ10年程しか経っていなかったのですから、西側との落差が大きく見えたのかもしれません。隣り合った国と人々が、イデオロギーの違いのために隔てられていたことの不幸を思いました。ベルリンのように実際の壁はなくても、「鉄のカーテン」によって東と西が分断されていたのです。

バンクシーを知ってから、あのとき車窓から見た「落書き」は私の中で「グラフィティ」に格上げされ、描いた当時の若者たちは都市で自由な躍動感を持って個性を表現していたのではないかという思いに変わりました。同じ頃イギリスでは、まだそれほど有名でないバンクシーが壁にグラフィティを描いていたはずです。私の記憶の中のあの「落書き」は明るいイメージの「現代アート」に塗り替えられました。バンクシーもまた、私の世界の見方を変えてくれたのです。

かわいい小さな表現者

添田衣織

我が家の息子がまだ4歳くらいのとき、動物をまったく描いていない動物園の絵を描いた。クレヨンでいろいろな色を塗り並べて、それが、動物園の絵だという。確かに、遠くから見ると、動物園に動物がいるようにも見える。息子はたぶん、動物を描くのが面倒だから、いろいろな色を塗りまくったのだと思ったけど。先生は、なんかすごいですね……と言っていた。

幼稚園の卒園のころだったかな……他の子たちは、普通に自分を描いた絵に、肌色、髪の黒色、洋服の色を塗っていた。息子は全身、みどり色一色で塗っていた。ブルーマンではなく、グリーンマンである。なぜ、みどり色で全部塗ったの？　と聞いたら、面倒だから、それにみどり色が好きだからと答えた。クラスの中で、グリーンマンだけ、異様に目立っていた。

生まれて3か月ころだったと思う。なんか静かだな……と思い、ふと、ベビーベッドをのぞいたら、ひとりで自分の小さなおててをじっと眺めていた。おててで何かを表現しようと思っていたのかな。とても可愛い、めったに見られないであろう瞬間でもあった。

息子はかわいい小さな表現者。何が良いとか悪いとかも関係なく、誰かと比べることも知らない年齢。ただただ、自分を思うままに表現している。自分の個性を大事にして、心の中はいつも自由に、楽天的に、誰からも支配されない人生をすごしてほしい……子育てしながらそんなことを思ってきた。息子と一緒にピアノを弾きたいな……という私の願いも速攻でぶち破られ、ボールを追いかけるのが好きな子どもになった。

幼稚園に入園したばかりのころ、幼稚園の先生が「将来何になりたいですか？」とお誕生日会でみんなの前で聞いた。息子は「サッカーボール」と答えた。先生は、「サッカー選手ね……」と言い直した。後ろで見学していて、隣の主人に私はヒソヒソ声で言ってみた。「今、サッカーボールって言ったよね……」。息子は当時サッカー選手を知らなかった。本当にサッカーボールになりたかったのだ！　子どもは自由に表現している。個性を大切に、自分のリズムを大切に。オムツを替えるとき、私がいつも「よーし、できた！」と言っていたせいなのか、息子は「え〜し、え〜し」と言うようになった。そんな当時のかわいい小さな表現者の声が、今でも耳に響き渡っている。

落書きは自由への大衆の叫び

坂本圭

落書きのあるところに自由がある。それは表現の自由であり、自由への闘争だ。バンクシーの落書きは、市民の声であり、アートジャーナリズムであると思う。

バルセロナには落書きがいっぱいある。特に地元カタルーニャ人に人気のお洒落なグラシア地区には、いたるところに落書きがあった。私が住んでいたカンプ・ノウ（FCバルセロナのスタジアム）の近くに、スケボーができる場所があり、そこには多くの落書きがあった。バルセロナはスケボーの聖地らしい。バルセロナに行ったことがある人ならお分かりだと思うが、バルセロナは活気に満ち、街並みは斬新で、いつもお祭り騒ぎで心が躍る。この街の店のシャッターや公園などの壁には、所狭しと落書きがあり、市民の表現の自由とアートの一つとしての落書きが尊重されている。バルセロナは多文化共生の芸術の街だ。

日本には落書きが少ない。落書きは犯罪であるし、スペインでもそうなのだが、日本に落書きがほとんどない理由は、上からの支配が強いからだ。そのような国は他にもあるだろう。

「都市におけるグラフィティの広がりの度合いは、その国がどのくらい民主的なのか、あるいは、表現の自由が保障されているのかを測る尺度でもあります」と毛利嘉孝氏はその著書『バンクシー〜アート・テロリスト〜』の中で述べている。

私たち日本人の多くは知らず知らずのうちに管理され、誰かに監視されるという環境の中で暮らす社会が当たり前だと思っているのではないだろうか。同調圧力や忖度ということがいわれ、人間は皆同じだと考える人が多い日本に対して、人間は皆違うと考える多様性が認められる国の人々。

いまのような時代に生きる私たちがバンクシーの落書きを見るとき、なぜバンクシーの落書きが素晴らしいのか、評価されるのか、心に残るのか、彼の落書きに隠されたメッセージを洞察しなければならない。バンクシーの落書きは、アートテロリズムではなく、自由への大衆の叫びだと思うから。

バンクシーから学んだこと

大森奈津子

バンクシー、あなたは何を訴えたいの？　私の趣味の一つに美術鑑賞がある。昔から絵画を見るのが好きだった。独身時代に思い切って行ったルーブル美術館では美術の教科書や世界史の資料集に載っていたような絵画がたくさん目の前にあって興奮した。

なぜだろう？　絵一枚から伝わってくるものがたくさんある。そこに広がる情景だったり、作者の思いだったり。絵の前に立つといろんなことを感じる。感じるのが楽しくてよく美術館に行く。ところで今回、私はバンクシーが羨《うらや》ましかった。たった一枚の絵で伝えたいことが伝わる。その表現力が素晴らしいと思った。でもそれより、多くの人に自分の意思を伝えられることが羨ましいと思った。たった一枚の絵がニュースとなり、そして全世界に伝わる。私にはその力はない。私がいくら訴えたところで誰も見向きもしない。

バンクシーとはどんな人なのだろうか？　バンクシーの絵を見ると、なるほど風刺画のような絵が多い。でもその奥に深い人類愛のようなものを感じる。オークションにかけられた絵をその場でシュレッダーにかけてしまうような、世の中を皮肉りながらそれを面白がってるような人なんだろう。はじめは普通に絵を描いていたらしい。壁に描くことで注目が集まるようになり、壁に素早く描くために、今のステンシルとスプレーのスタイルになったようだ。

ここまで来て突然私の見方が変わった。バンクシーもはじめから有名だったわけではない！　と。全て受け止めた側が勝手に思うこと。発信者はただきっかけにすぎない。

バンクシーの発信者としての立場は一貫して変わらない。バンクシーはただ発信し続けているだけ。それがいつのまにか受け止める側の土壌が耕され、そこに根付いただけだと。そう思ったら、自分にもチャンスがあるように思えてきた。ただ発信し続ける。これならできるかも。バンクシー、ありがとう。あなたの絵で私は気がつきました。

〝バンクシー〟私も体験していた

花野井美貴子

バンクシーの課題を書こうと思案していると、そういえば私は小学4年～中学1年に至るまで、漫画家志望であったことをすっかり忘れていたことに気づいた。

その頃は小説などの読みモノどころか、学校の教科書もろくに読まず、少女漫画を読み耽《ふけ》り目のキラキラとした少女漫画を描くことが日常であった。ストーリーを考えて漫画を描いていくことは至福のひとときだった。確か少女漫画雑誌『りぼん』がショート漫画を描いて賞に挑戦しようという募集をしていたことがある。私は早速ショートな漫画を描いて応募してみた。結果は驚くことに佳作を頂いて、『りぼん』に私の名前が掲載されたのだ。こうなったら、プロの漫画家を目指すべきだと確信した。

ところが、意地悪な従姉妹のひとりに「漫画家で世に出るのは絶対に無理だから！それに売れなければ下積みが長く食べてはいけない」と何度も言われて私はすっかり自信を失くしてしまった。それから、私の漫画家への夢は自然消滅していく。

中学3年になると、親に反抗する気持ちが湧き上がり中学校で問題を起こし学校を3校も変わっている。そんな反抗的な私は、3校目で知り合った同じような匂いのする友人たちと仲良くなった。その友人たちが、スプレー缶を使って壁という壁に噴射しては素早く逃げるという遊びを教えてくれた。

スプレー缶を使って壁に噴射する内容は、「○○参上！」とか「押忍！」「夜露死苦‼」など、カラフルな色彩に壁を変化させるのが、その頃の私の至福のひとときであった。

壁にスプレーを噴射するといういたずら書きを、歌舞伎町の裏通りのビルの壁などから、自分たちの通う中学のある東大久保辺りの壁まで、飽きもせずに繰り返していた。逃げ足が速いので、捕まったことはない。そう考えてみると私にもバンクシーのように壁にいたずら書きをしていた時代があったようだ。

バンクシーは生きていく上の当たり前を訴えている？

阿部勇二

人って、何を守り、どう生きるのかは、自分で決めるべきだと思います。でも、誰かの影響を受けることもあり、常に冷静に自分を見つめるのは難しいものです。バンクシーは、それをアートの力でビビッと感じさせてくれるのが、凄いところです。きっと、強い意志があるからだと思います。誰もが、自身の欲に従い、居心地のいい場所に導かれます。ＩＴ技術が進み、スマホを触るだけで、自分の行動をコントロールされる怖い時代になったと思います。今、バンクシーが注目されているのも、ある意味、誰もが自分たちの行動に不安を持っているからかもしれません。豊かさがハングリー精神を奪い、人々が欲求と不安を考えるだけの生活に疑問を感じ始めた証拠です。

私が子どもの頃には、欲しい物がいっぱいありましたが、殆どのものを手に入れることが出来ませんでした。中学の頃、物理部だったので、先輩がラジオなどを電気回路から作ったり、AppleのＰＣ基板のコピーを買ってきて、パソコンを完成させるのを見ていました。その為、自分で買えないものは、工夫して作るのが当たり前です。特に自作パソコンを組み立てたときは、一生懸命勉強をしました。そして、その過程で新しいものに出会い、新しい自分の興味などに気付いたものです。

　現代は、そこそこ完成度が高いものが、なんでもお手軽に手に入るので、それを使うテクニックばかり学習して、本質を理解する力を身につけることが難しくなっています。現代人は、本質を理解することを恐れている、それとも知らない？　バンクシーは、見えづらくなった本質をアート表現で、目に見える形に変換してくれています。しかも、誰の目にも留まる公共の場所で。いまはＳＮＳで手軽に表現出来る仕組みはいっぱいあります。でも、データではなく、リアルなもので、表現をするのはとても意味あることだと思います。また、自身の正体を明かさないことで、作品を著作権フリーにし、拡散を優先しているのは、凄いことだと思います。

　バンクシーのアクティブな自己表現に触れると、自分の活動力にエネルギーを注がれます。また、誰にも支配されない自分の本質と向き合うことの大切さに気付きます。芸術作品を見てどう思い、どう感じるかは、個人の自由かもしれませんが、本質を理解してからの方が、もっと楽しいと思います。バンクシーからもらったエネルギーで、本当の自分に向き合えるような気がしています。

自我の解放

花野井美貴子

この本（『奇跡の朗読教室』）の冒頭のエッセイに登場する、うつむいたお顔はベージュのニット帽とマスクで隠され、メガネだけが浮いていて、コートも脱がず、手には白い手袋という、完全武装姿でこの朗読教室に現れたチロママ。ところが、お茶会を皆で楽しんでいると、蚊の鳴くような声をしていたはずの、チロママの大きな声を聴いて驚く先生。レッスンが始まってからのチロママは、帽子や手袋、マスクも外していく。そして、チロママは自分のネクラ時代を先生に話す。このチロママの変わりゆく姿を見て、「ジョハリの窓」（心理学用語）のことを私は考えていた。

「ジョハリの窓」とは何か？　人には４つの自己がいるという。

●開放の窓＝自分も他人も知っている私
●秘密の窓＝自分だけが知っている私
●盲点の窓＝他人は知っているけど、自分では知らない私
●未知の窓＝自分も他人も知らない私

このように4つの窓を開けていくことで自己を知るのだが、これらを意識した朗読とコーチングもあるくらいで、朗読の世界は奥が深いといえる。つまり、ジョハリの窓とは自我を解放するということである。大事なのは、自分をさらけ出すことであり、自分をさらけ出すことで自我を解放していくのだ。

チロママの自我の解放へと繋がる大事な第一の変化は、今まで蚊の鳴くような声だった彼女がお茶会で、大きな声で話し始めたことである。そして、朗読によって、帽子や手袋、マスクも外していくその姿。さらにチロママが、先生に自分の隠したいネクラな部分を話せたことで、彼女の自我は、解放へと向かって大きく前進する。そこにチロママの覚悟が窺える。特筆すべきことは、朗読ライヴに参加してトップバッターで発表していく積極的な姿。そのライヴに、お友達や旦那様まで招待したことで、今までのチロママとはまるで別人格であるかのように、明るく変わっていったのである。朗読には、自我を解放して、より良い方向へ向かわせる力がある。

「読む人」から「奏でる人」に

瓶子かずみ

「朗読」と聞くと声優・俳優という「演技のプロ」が語り手となり美しい声と旋律で物語を奏でるのを私たちはチケットを購入して聴きに行く……という事が当たり前だと思っている方が多いのではないだろうか。では「あなたが『語り手』になって下さい」と言われたとき、自分がその物語を語っている姿を想像してみよう。

……殆どの方は学校で国語や道徳の授業の時に先生に指名され、指定された箇所を面倒くさく・恥ずかしく・漢字を読み間違えたりして皆に笑われたら嫌だなという感情を込めて、文字を読み上げる姿しか思い浮かべることができないのではないだろうか。

斉藤ゆき子著『奇跡の朗読教室―人生を変えた21の話』はどこにでもいる普通の人々が「物語の語り手」になり自分の人生や価値観を見つめ直し、文字を「読む人」から「奏でる人」になっていく物語である。

登場人物は、

・声や話し方にコンプレックスを持ち克服したいと思っている主婦

・声優・俳優を目指していてもっと技術に磨きをかけたい若者など……

合計21名の人物。

この朗読教室はグループレッスンが主流。そこで否応なく試されるのは、そうっ！コミュニケーションスキル!! そこで人間性が表れてしまうのもこの本の醍醐味《だいごみ》の一つだ。

指摘されてムッとなる人、自分を棚に上げて相手のミスを指摘して場の雰囲気を悪くする人など……そんな人たちも講師やグループの仲間と家族に支えられ、物語に感情移入し過ぎず文字に自分の声色を乗せて、朗読ライブ等で家族や恋人や友人を呼び、自分が物語を「奏でて」いる姿を観てもらうまでに自信がついた上、人間的にも成長している姿に、皆が想像する「朗読」のイメージが一変することは間違いないだろう。

更にこの本には、朗読された物語の内容や朗読用語の解説など丁寧な説明が付けられている。しかも朗読教室での滑舌・発声トレーニングもあるので、声に自信のない人はこの本を片手に発声練習をしてみることをお勧めする。

コラム　フミサロノオキテ

「ふみサロ」とは「元角川学芸出版女編集長が教える！　『ＳＮＳで人気が出る文章の書き方サロン！』」の別の名称である。

「はじめに」にもあるように、オンラインサロンで毎月の課題本に対して、８００字程度のエッセイを書き提出、先生から講評を受けるだけでなく、参加者同士でも互いに講評しあうのがふみサロの活動。

この時のオキテとして「いいとこ探しをすること！」と、決められている。

巷《ちまた》の文章教室だと〝てにをは〟の使い方がおかしいだの、何を言いたいのか伝わらない等と酷評され、マウンティングされることが多々あると聞く。高度な文章表現、完成度を求めての厳しさであり、楽しさには程遠いらしい。そして文章嫌いにますます拍車がかかっていき、書くのがトラウマになっていく。それでは、元も子もない。楽しく書くことが一番だと、主宰で塾長の城村先生は言う。得意なことを発信すると社会の中でも自分の役割が見えて、毎日が楽しくなるそうだ。発信の基本は「文章」である。書いて自身の個性を明確にし、これからの人生を輝かせていこう！

（吉田）

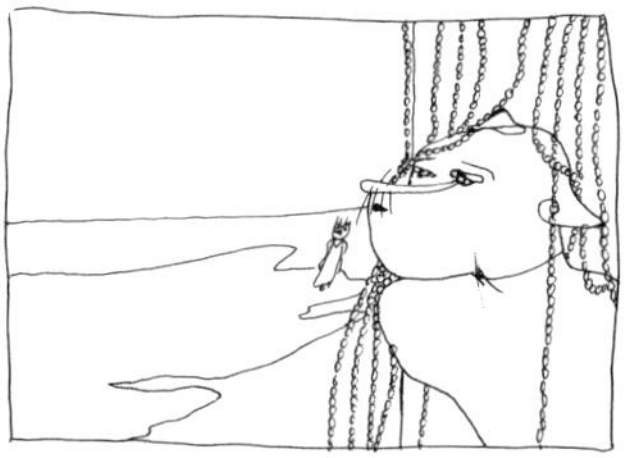

第2章　もっとヘンなエッセイ

い・け・な・い……モヤモヤ♨

横須賀しおん

僕には不思議と「ヘンタイである」という自覚がある。しかしそれは「ヘンタイよいこ」なのだ。なぜなら僕は「オトナになったらヘンシンできる」と、幼い頃から勝手に思い込んでいたようなフシがあるからで……。保育所に通っていた頃は、キカイダーだった。目の前にある本は、ひたすら全部読みするのだ。『めばえ』や『よいこ』は、すぐ読めてしまうのでつまらない。「本とは、目の前にある物をひたすら早く読み終えるものである」とは、その頃の僕の定義である。幼稚園の時に『子どもカラー図鑑全12巻』を全ページ読破した。

小1になると、今度は図書館から「動物」「植物」「昆虫」などの図鑑を借りてきて、全部読みを始めた。それを繰り返しているうちに図鑑に飽きてしまい、小2あたりから『三国志』なども読み始めるようになった。小4から図鑑ブームがぶり返し『ウルトラ怪獣大百科』『ライダー怪人大百科』『東宝特撮怪獣大百科』等を全部読みしていた。怪獣や怪人の名前は、すべて暗唱する事ができていた。今で言うなら怪獣ヲタクだったのだろう。小説を読み始めたのは小5ぐらいからである。

そんなクセも手伝って令和2年4月、緊急事態宣言が発出されている最中『もっとヘンな名湯』を、全部読みしてみた。その読後感が如何なものなのかというと「イキたくても、イケない」という……ヘンタイ的モヤモヤ感しか残らなかった。さぁ、君も今すぐヘンタイになって、今すぐヘンタイな本を書こう！

人はタイヘンであればタイヘンであるほど、ヘンタイなものを求めてしまう生き物なのだ。そうして、それが人間というものの「性《さが》」なのだろう。温泉には、もやもやした湯気が漂っている。温泉マークを見ると、直感的にYMO（イエロー・マジック・オーケストラ）の温泉マークを思い出してしまう。YMOの初期コンセプトは「下半身モヤモヤ、みぞおちワクワク、頭クラクラ」だった。それはまさに「ヘンな名湯」に、イキたくなってしまった時の感情に似ている。ノスタルジックに昭和の温泉を思いだしてみちゃったりすると、深夜に「効能は？」と叫んでいたウサギちゃんたちを思い出してしまう。それは「ヘンタイよいこ」を卒業して「真のヘンタイ」に成り始めた頃の淡い思い出だ。青春の始まりの一ページである。

「ヘン」と「普通」

今村公俊

『もっとヘンな名湯』という本を読んだ。普通の温泉を紹介する本ならいくらでもあるからたいして珍しくないが、よくもこれだけ「ヘン」な温泉の情報をかき集めてきたと感心してしまう。作者が「ヘン」にこだわりを持っているのは何ゆえなのか。温泉も興味深いが、むしろそちらの方が気になった。「ヘン」は言い換えれば、「普通」ではないこと。みんなと一緒とか、横並びにされるのを嫌がること、と言い換えてもいいだろう。

「普通」のイメージというと、会社勤めをしていて毎月安定した収入があり、結婚して、家庭を持ち、マイホームで暮らし、コツコツと貯金に励んで堅実な生活をする、といったところだろうか。私はサラリーマンなので仕事には当然スーツを着て出かける。本当はもっとリラックスできるラフな服装で行きたいが、今の会社でそんなことをしたらおそらく好奇の目で見られるだろう。

「普通」ということをかいつまんで言うと、常識を守ること、保守的な考え方、安定した生活、そんなところだろうか。それが、社会生活を角が立たないように生きていく術《すべ》にはなっていると思う。そうなってしまうのは、みんな同じ考え方、同じような服装でなければいけない、といったような、いわゆる同調圧力に抵抗するのがなかなか難しい空気があるからだと思う。時折、街角で奇抜な服装の人を見かけることがあるが、自分にはとても真似ができない。

けれども、「普通」であるということが本意でなければ、窮屈で息が詰まるだろう。だから、「普通」であることから自分を解き放ち、「ヘン」になることで心のバランスがとれるのではないだろうか。それが温泉だとなおリラックスできそうだ。

フーテンの寅さん、山下清、種田山頭火、等々。放浪の旅を続けていた人たちには昔から憧れに近い感情を抱いていた。そんな、社会の常識に縛られない自由な生き方には惹かれるものがある。そんな人たちに憧れるのは、やはり自分の生き方を窮屈に感じているからだろうと思う。

紺色の壁とグレーの浴槽

ねもとよしみ

10年ほど前、今の家に引っ越す時、お風呂のリフォームをした。設備のショールームでは、ピンクの壁とクリーム色の浴槽、黄色の壁とベージュの浴槽など、リラックス効果を感じる色を見せてもらった。が、女である私が経営者として男の鎧を着るための引っ越しだったこと、息子3人と高齢の父という男所帯だという理由で、一瞬で「紺色の壁とグレーの浴槽」と決めた。ちょっとばかり暗い印象だが、その時はシャープな色が良いと思った。

さらに私には「絶対に一日の終わりにはお風呂に入る」という決めごとがあり、どんなに遅い夜でも、必ず湯船にどっぷりつかり、体にまとわりついたいろんなものを全部洗い流すことにしている。「紺の壁とグレーの浴槽」は男っぽい色ではあるけれど、私にとっては「夜が来たんだよ」「白黒はっきりさせなくていいよ」「もう寝るんだよ」と戦闘モードから解放され、鎧が脱げて女にもどる時間。体にたまったお疲れ様が溶けてゆく、毎日の大好きな「マイ名湯」となっている。

『もっとヘンな名湯』は、筆者にとっての心がワクワクする、お好みのお風呂だ。場所や見た目が面白くて、お湯の質がすこぶるいい。浴槽の形や店主の選んだ置物。タイルの割れや目地の黒ずみ、建物のなんとも味のある姿。時が刻んだ傷み具合すべてが、エンターテインメント。笑いのツボにはまるような、くせになる感覚。

裸になって毛穴からエネルギー交換が激しく行われるお風呂の時間は、お湯の質や雰囲気が体内にもろに入り込んでくる。だからこそ、せっかく遠出して訪れる温泉は、自分好みのワクワクする場所であってほしいと、私も思う。

我が家の「マイ名湯」もいいが、たまには遠出して、店主の思うツボにはまり「もっとヘンな名湯中毒」になることは、日常を離れて非日常を味わうリフレッシュ効果の高いイベントになりそうである。

命《ぬち》どぅ宝　歯も宝

村上三保子

沖縄本島からさらに南にある宮古島に住む私の大好きなおばぁ。小さい頃、母と一緒に電話をすると、全く聞き取れない方言で、何やら早口で話し、わははは～と豪快に笑っては電話代が高いと言って、一方的に切るような人だった。私が小学校3年生の夏。あと、数日で夏休みを迎えるという日。見たことのないような形相で教室に訪れた母の様子は今でも鮮明に思い出す。おじぃが死んだのだという。

60歳を少しすぎたばかりのおじぃ。病気だなんて聞いたこともなかった。先生に「荷物をまとめなさい」と言われ、わけがわからないまま気付くと飛行機に乗っていた。おばぁの家に着くとおじぃがそこに眠っていて、おばぁは泣き崩れる親戚のおばさんを慰めていた。子どもなりにその気丈さに驚いた。

私が大人になったある日、おばぁにおじぃの事を聞いてみた。おばぁは明るく笑いながら「おじぃは、ひもだったさぁ～」と言った。人がいいおじぃは、いつも人のお世話ばっかりしてお金をほとんど稼がなかったらしい。そこで、公務員だったおばぁはアメリカの占領下、畑をしながら働き6人の子どもを育て上げたのだ。

大人になってから「おじぃが死んだあと、付きあった彼氏はいるの?」とおばぁに聞いたことがある。「おじぃが死んだから自由にしている……と言われるのがイヤで男の人とはかえって付き合えなくなったさ」と、さわやかに答えたおばぁ。え? おじぃの生前は彼氏いたの? そんなおばぁは、92歳にして歯医者デビューをする。足腰が弱って、ベッドに横になる時間が多くなってからも、老人からは聞こえるはずのないバリバリとせんべいを噛む音を轟かせ、食欲だけは旺盛だった(笑)。

96歳おばぁは愛する我が子たちに囲まれて念願だった自宅での老衰による永眠……。もちろん歯はすべて自分のものだった。死に様は生き様。それを一生をかけておばぁが私におしえてくれた。お別れの時、死に化粧をしたおばぁの口元にはきれいな歯が光っていた……。

祖母と入れ歯

羽木桂子

あれは、就職して3度目のお正月だったかな。小さな旅行会社で、毎日死ぬほど忙しかった。お盆やお正月は添乗員として海外に行く事が多いので予定を空けていた。その年は珍しく添乗がなく日本にいたので、母に誘われて、祖母の家で家族と過ごしたのだ。突然訪れた静かな日々。久しぶりにゆっくり休めた。しかし、当時はAmazon Prime等もなく、テレビを見るくらいしかやる事がない。若かった私は、だんだん暇を持て余してしまった。祖母宅では31日の夜に年越しそばを食べ、日付が変わると、近くの神社へ初詣に行っていた。神社に着いて、お参りしようと歩いている時、鐘が見えた。退屈していた私は、気晴らしのつもりで鐘を「カーン」と鳴らしてみた。

すると、私の前を歩いていた祖母と父、母が驚いて振り返った。祖母は「バチがあたるで〜！」と言った。（バチ？）キョトンとしていると、母は「鐘はお参りする前に鳴らしちゃいけないの、もぅ〜」とあきれている。全然知らなかった。けれども、私はまさかバチなんてあたらないだろうと思いながら家に帰った。

珍しく夜中にトイレに起きて、寒い中震えながら洗面所で手を洗った。置いてあるコップに水が入っていた。喉が渇いたと思い、それを飲んだら変な味がして吐き出した。「⁉」驚いてコップをひっくり返すと、祖母の入れ歯がコロンと落ちて、ギョッとした。そうなのだ。祖母がコップで入れ歯洗浄をしていたのを、水と思って飲んでしまったのだ。大丈夫かなと思ったが、この時間に家族を起こすのも申し訳ない。心配しつつもまた寝てしまった。

朝起きると、どうも頭がジンジンするし、気持ち悪い。さすがに心配になり、親に事情を説明したら、大騒ぎ。元日で病院はお休みなので、父が総合病院に電話して聞いてみたところ、水をたくさん飲んで、休めば問題ないでしょうという事だった。祖母は「行きしに鐘なんかつくからや。やっぱりバチが当たったった」と言った。私は苦笑するしかなかった。つまんないな、と思いながら神社に行った私は、神様に見抜かれていたのかもしれない。何事も、心がけって大事ですね。

英語はネイティブから学ぶべきである理由

横須賀しおん

「白人《はくじん》！」……中学生になってから、そう呼ばれるようになった。色白であった事と、英語の発音が良かった事が原因である。僕は中学3年間ずっと、英語の先生が授業中に何か質問してきたら、必ず「ハイッ！」と手を挙げて答えるというマイルールを守り続けていた。NHKのラジオ英語講座を、毎朝聴いていた。それ以外にも、教科書のノートへの転記と和訳の記入。単語、熟語を調べる等をすべて、授業が始まる前までに終わらせていた。僕には6歳の時に決めた、新しい漢字は授業が始まる前に20回ずつ書いておくというマイルールがあり、それを応用しただけだった。それだけで、中3の時に英検3級が取れたし、英語弁論大会にも出場する事ができた。しかし、ふとした事がきっかけで、英会話に対して苦手意識を持つようになった。

中3の時、体育館で、外国人に〝英語で話しかけてみよう〟というイベントが開催された事がある。先生が、質問を英文に直してくれるのだ。「好きな食べ物は何ですか？」と書いて提出すると「What is your favorite food?」と訳してくれた。その時〝favorite〟は、まだ教科書には出てきていなかった。「What is your favorite food?」と話しかけた時、外国人は少し戸惑ったような表情を見せた。発音を間違えたようだ。しかし、英文のメモを見て理解したようで、ワンテンポ遅れて、その外国人は回答した。しかし、僕の頭の中は真っ白だった。同級生たちから白人と呼ばれていたにもかかわらず、自分の英語が通じなかったからだ。高3の時、受験英語の偏差値は76だった。英語はずっと得意科目のままだった。しかし、大学で就職先を決めるにあたって、英語が必要な仕事を選択肢に入れる事はなかった。自分の英語が通じるようなイメージが、持てないままだったからである。それでも、卒業旅行にはアメリカ西海岸に行って、英会話を楽しめていた。

ネイティブの子ども英語で「What food do you like?」と聞けば、"favorite" なんて知らなくても、通じる英語で話す事は可能だったのだ。もしもあの時、そのように訳してくれていれば、もっと英会話を好きになっていたかもしれない。そのように考えると、誰からどのようにして学ぶのかは、とても大事な要素であるように思えるのだ。

どのような先生から学ぶのかによって、一生が変わるかもしれないのだから。

〝ネイティブ〟から連想〝ネイティブ・アメリカン〟

添田衣織

ネイティブという言葉から、ネイティブ・アメリカンを連想してしまう。ネイティブ・アメリカンは、勇敢であり、偉大であった。しかし、野心のある方たちが、帝国主義が、彼らを潰していった。ネイティブ・アメリカンは、正しかったので、邪魔だったのだ。ネイティブ・アメリカンは自然に即して暮らし、大地を大切にして、7世代先までのことを考えていた。お金よりも大切なことを知っていて、神の存在を直観できる力もそなえていた。残念ながら、現代に生きる私たちは、ほとんど神とつながっていない。意図的に、神とのつながりを切られてきた。これが、歴史や時事問題の大事な根幹にもなっている。

『人生に必要な知恵はすべて幼稚園の砂場で学んだ』というアメリカでベストセラーになった本があるが、息子も幼稚園時代、人気のある新幹線の乗り物を早くゲットするために朝一番に登園していたことがあった。なんでも、早い者勝ちなのだ！ あとから来たなら、待つか、お願いして許可を得る必要がある！ そんなことは、幼稚園で学んでいるのだ。

しかし、帝国列強国はあとからアメリカ大陸に来たのに、ネイティブ・アメリカンの心の優しさにつけこんで、侵略していった。豪州でもそうだ。アボリジニの土地を強引に侵略したのだ。私たち日本人も、黒船がやってきたときから、侵略されてきたのかもしれない。言語で、支配をすることもできるのだ。全世界、帝国列強の英語で支配されてきた。そんな風に考えると、英語だって怖くない。英語は、ただの言語、手段であり、道具である。うまく使えばいい。ネイティブの方に教えてもらい、慣れればいい。


言語を超えること、言葉は支配すらできるから。言語を超え、言葉の奥にある、ニュアンスを感じることこそが大事である。「知識より知恵が大事である」という言葉がある。知識とは、言語と言い換えできる。すると、知恵とは、言語を駆使して何をするかである。英語でも、日本語でも、どんな言語でもいい。言葉を使って自分を自由に表現しよう！

恐れることなどなにもない。

英語が話せない英語の先生になった話

横山人美

明らかに場違いだった。

「毎年外国を旅しています……」「大学では英文科でした……」「ホームステイを何度も経験し、結婚前はロイター通信で働いていました……」同席していた他の人が繰り広げる豊富な英語経験を交えた話の中で、私の自己紹介は、「幼稚園で働いていました。英語は高校卒業以来触れていません。よろしくお願いいたします」だった。

「自宅で子どもたちと楽しくレッスン！　短大卒程度の学力でOK！」。当時、母親を看ながら出来る仕事を探していた自分にとって、大手英会話教室のホームティーチャー募集広告（正確にいうと大手英会話教室とは知らないまま）の軽やかなうたい文句は大きな魅力だった。履歴書を持参して受けた面接は難なくパスしたが、予習として渡された課題は英語だらけ。これを一から教えてもらえると思ってこの日を迎えたが、それは大きな間違いだったと気づくのに時間はかからなかった。「ここは外国か？」と思うほど流暢な英語に囲まれ、一斉に英文を読む場面では口パクすらできずに茫然としながら時は流れた。帰り道の1時間は、不安と悔しさ「英語ができることがそんなにすごいことなのか！」

と怒りにも似た反発心の涙でぐちゃぐちゃになりながら逃げるように車を走らせた。新しく開講する教室のためのトレーニング初日の出来事は、自分史に残る屈辱として鮮明に刻まれている。

そんな私の教室は、気持ちに逆行するかのように、開講当初から20人、50人、100人……160人と生徒が増えていった。トレーニングを一緒に受けた英語ペラペラの他教室の先生が「どうしてそんなに生徒がいるの？」と言わんばかりの不思議な顔をした。自分でも不思議だった。毎日笑顔で通ってくれる子どもたちに会えることが嬉しかった。

子どもたちと過ごす時間が何よりも楽しみだった。英語の知識と経験のアドバンテージが低い分、「子どもたちが英語を学ぶために必要なこと」を求め続けて22年が経った。英語との出会いが私の人生を大きく変えた。私は今でも英語を流暢に話せない。

そんな私の元から英語が大好きな子どもたちがたくさん巣立っていった。

コラム　詩集を読んだら、詩人は○○○○

僕は「横須賀連詩倶楽部」という、素人でも詩が楽しめる、大人の部活動を主催している。詩人と凡人の違いについて考える事が多いのだが、詩人には例外なく、三度のメシより詩の方が好きという特徴があり、詩集をたくさん所有している。そして「詩集を読む」→「自分でも詩を書く」というサイクルを繰り返している。本を基にエッセイを書くのが、ふみサロの特徴だが、かつて課題が「詩集」だった時、僕は条件反射的に「返詩」を書いた。詩集の読後にエッセイを書く選択肢が全く思い浮かばなかったのである。「ふみサロは詩の投稿室なんかじゃない！」と叱られるかもしれないと、恐る恐る提出してみたところ、意外にもあっさりと受け入れられた。エッセイ以外にも、ポエムや小説、フィクションを提出しても受け入れられる。そんな、非常に懐の深いところがあるのも、ふみサロの特徴の一つ。第4章末尾に、その時の作品を収録している。ぜひ読んでほしい。

（横須賀）

第3章　朝と夜のはざまにエッセイ

鬼滅の刃　仮想道徳授業に見る私の未来

大森奈津子

今『鬼滅の刃』が空前のブームである。なぜこんなに人を惹きつけるのか？　もし、この作品を道徳の授業で扱うならと考えて分析してみた。『鬼滅の刃』の特徴の一つに、主人公「炭治郎」は、決して強くないことが挙げられる。妹を殺さないでくれと泣いて土下座したこともある。目の前に壁があると言って号泣したこともある。それでも、あきらめない。あきらめないところに強さがある。

人間誰でも弱いのだ。私だって正直自分が抱えている病気が怖い。だからって嘆いていても仕方がないのだ。前に進むしかない。そこで、『鬼滅の刃』に出てくる「心を燃やせ」をキーワードに考えてみようと思う。『鬼滅の刃』では、心が原動力になる、これを強く問いかけている。皆さんにも一緒に考えてみていただきたい。

問１　あなたが心を燃やすものは、なんですか？

問2　あなたが心を燃やすとしたら、どうなりますか？

問1については、人それぞれが心を燃やすものは違うはず、いろいろあっていい。けれど問2でその先の自分を考えた時に、その道、やり方でいいのか、自分で振り返ってもらいたい。自分の心の燃やし方が人を傷つけることではないことは押さえておく必要があると思う。『鬼滅の刃』は生き方、選択を間違えると鬼になってしまうことを教えてくれている。『鬼滅の刃』は、大人でも考えさせられる生き方の教科書でもあるといえるかもしれない。『鬼滅の刃』には道徳の授業で取り上げたい場面がいくつもある。そんなこと言っている私は、かつて教員という職業につき、子どもたちと共に学ぶことに心を燃やしていた。その後退職してしばらくの間、心を燃やすものを見失っていた。

でも今、オンラインの世界に新しい可能性を感じている。体が動きにくい私でもまだオンラインの世界で何か役立てるかも。私も悩みを抱えている人の役に立ちたいので、やれることをやってみようと思う。心の炎だけは、消さないようにして。

カウンセラーへの道のり

つるたえみこ

カウンセラーとして活動するようになって35年、きっかけは街の本屋でみつけた一冊の「本」だった。時はバブル真っ盛り、カウンセラーなんて不要の時代だ。学ぶことが面白くなったのは仲間とのつながりだった。心理の学びは「自分」を知る作業でもある。自分を受け入れ他者を受け入れるコミュニティの心地よさ、快適さをたくさんの人に経験してほしいと、思いはじめていた。周りには困っている人や、悩んでいる人がたくさんいる一方で、カウンセリングを学び少しでも他者の役に立ちたいという人がいる。何とか橋渡しはできないものかと始めたのがボランティア活動だった。

NPOで電話相談をはじめ、同時にカウンセリングの学習会を開催した。学ぶことはカウンセリング効果があることを体験していたからだ。Hさんは2人の子の不登校がきっかけで学習会に参加した。10年悩み、もがいて、カウンセリングも受けた。この体験を同じように困っている人に役立てたいと一念発起、基礎から学ぼうと大学へ入り直し、今では専門学校でカウンセラーとして活動している。

大学で心理臨床を学びカウンセラーとしてスタートするというのが一般的だが、Hさんのように子育てが一段落して、積み重ねてきた人生の経験をカウンセラーとして役立てたいと取り組んでいる人はたくさんいる。カウンセリングを学ぶのに遅いということはない。いつからでもスタートできるのだと勇気をもらえる。今、私は日本支援助言士協会を立ち上げ8年になるが、コミュニティカウンセリングとアドラー心理学に基づいた理論と思想でカウンセラーを養成している。心理の学びは範囲が広く学ぶことは尽きないが、自分が豊かになっていく喜びがある。

人とのつながりが豊かで、ゆるゆると伸び縮みしながらつながる。自分を大切にしながら、相手も大切にする関係。ジャズが好きな人、演歌が好きな人、いやロックでしょ、昭和歌謡でしょ……と好きなことは人それぞれ。みんな同じではつまらない。パッチワークのように世界の人がつながる……それが私の理想のコミュニティ。カウンセリングを学んで自分も他者も好きになってもらいたいと思っている。

ショッキングピンクの男性《ひと》

瓶子かずみ

馴染みの書店に寄り、面白そうな本がないか物色する。買いたいものが決まっている時は通販でサクッと買うが、書店に行く時の理由は、何か良い本ないかなぁという軽い感じ。なければそれまで。出会えればめっけもの。即お持ち帰りだ。

まずは「新刊・話題の本コーナー」……ここには若い子や注目されている子が集まっているので、真っ先に行って相性のいい子を探さなければ女がすたる！　ここは慎重に見定めないと……見た目が良くても中身が合わなければ、あっさり別れが来てしまう。軽いノリとはいえ、出来れば長いお付き合いをしたい。しかし今回は良い子がなかなか見つからない。あきらめかけた時、１人の男性が目に入った。「なに？　このショッキングピンク、趣味悪くない？」でも……凄い。女性以上に着こなしている。女だって、そんな色の服は着こなすことが難しいのに……それを平然と着こなしている。それだけでも面白い。早速話しかけてみた。理想の女性は、髪の長さはボブでふんわりした髪型、スーツを着こなしヒールを履いて颯爽とした……いわゆる〝仕事の出来る女性〟だそうだ。

「へぇ〜そうなんですね、貴男素敵ですもの！」と相槌を打つが、内心「いやいや、そんな女性ごく一部ですよ。今、職場でのハイヒールやヒール付きパンプス強制への反対運動〝#KuToo〟が話題になっているのを知らないのかしら？　それに厚生労働省『平成26年度コース別雇用管理制度の実施・指導状況』では、女性の総合職採用率は22・2％だし、更に女性管理職なんて1桁なのに！　どんな夢物語を語っているの？　話しかけたのは失敗だったわ」……これ以上話しても時間の無駄だと思い、不自然にならぬよう立ち去ろうとした。しかし彼は私の考えていたことを見透かした様に、こんな事を言ってきた。

「私は貴女の様な女性の心を磨き上げ、夢を叶える事が出来ますよ！」

なるほど……遠回しに私の心は汚れ切っていると言っているのね……で、自分なら、その汚れ切った心を綺麗に磨き上げることができる……と？　「上等よ、その挑戦、受けて立とうじゃないの！」。そうして、彼の手を取り家路についた。

座禅

花野井美貴子

今から十数年前、学生だった私はテレビを観るのが大好きで、当時流行っていたトレンディドラマに夢中になっていた。試験が近いというのに、ドラマを観ながら今回だけと誓ったことが何度もあり、そのたびごとに後悔していた。

ある日、一念発起してテレビを観ないことにした。そうはいっても両親と同居しているので、彼らが時々つけるテレビの雑音に我慢が出来なくなってしまう。どうしたら勉強に集中できるのか？　公共図書館の閲覧机には時間制限があるし、学校の図書館も、数日間も続けて独占はできない。雑音に惑わされたくない。聴こえなければいいのに……耳栓でもするか？

そうだ！　瞑想・座禅なら、雑念に執着せずに集中できると聞いたことがある。早速、電話帳で近隣のお寺を調べて電話してみた。座禅ができるお寺といえば、曹洞宗のみである。案外、座禅は身近には存在しないのかも？　と諦めかけたその時、わりと近場で座禅の話を聞いてくれるお寺がみつかった。残念なことに今は、座禅はやっていないが、将来的にやりたいと思っているらしい。私が引き下がらずにいると、住職は「一度お会いしましょう」と言ってきた。その後、約束した日程にお寺を訪ねた。

「今はやっていません」と、やはり住職は言う。座禅をやっている遠くのお寺を紹介して頂いたが、あまりに遠すぎて無理だ。私は住職に「こちらで座禅をやって頂きたい」と、必死に何度も懇願してみた。

その結果「それでは、やってみましょうか！」と、やっと返事を頂くことができた。座禅の日時も、毎週日曜日午前6時から7時までに決まった。真剣に日曜日は毎朝4時に起き続けた結果、就職が控えていた2年間は、とおして無遅刻・無欠席という我ながら驚く成果を出すことができた。

座禅を続けることによって、以前よりも自信がつき、怒ることも少なくなったような気がする。そして嬉しいことに、私と住職が始めた座禅会は、今でもまだ続いているのだ。嬉しい限りである。

ただいまのあと

吉田真理子

「あなたは家に入る時に『ただいま』と言っていますか？（中略）一人暮らしだったり、家族が留守をしている時は省略してしまってる人も多いのではないでしょうか？」（『結果を出し続ける人が夜やること』より）。はい、全くもってその通り。そして私には、もうひとつの理由があった。それは……。

「ただいま」「おかえり」「メシは？」、「ただいま」「おかえり」「腹減った」、「ただいま」「おかえり」「さ、食事にしよう」。これらは全て同じこと、すなわち〝帰宅、即、食事を作れ〟……の意。古今東西、働くお母さんは同じ場面を経験されてると思う。帰宅し、「ただいま」といった瞬間、腰を下ろし落ち着く暇もなく次の戦闘が始まる。キッチンに立ち、次々と作っては食卓に運ぶ。家族には先に食べ始めてもらう。最後のひと品を並べ、さて自分もと箸を取り上げた瞬間に、「おかわり」「ソース取って」「2本目（のビール）取って」。私はまだ一口も食べてない。帰宅して、座ってもいない。あなたたちは私が帰るまで散々くつろいで、今ある程度口が満たされてる。その上で、まだ私にさせようというの？　お腹はペコペコ、疲れも限界に来た私はブチ切れる。「そのくらい自分でやってよ！　私はまだ座ってもいないし一口も食べてない！」。楽しいはずの夕食が一気に険悪な空気に塗り変わる。「……」「……」。「だったら、こんな時間まで仕事入れるなよ！」（はあ？　うちはみんなで働かないと、どーにもならないでしょが！）。言えば、ますます険悪になるのは火を見るより明らか。すっかり冷めてしまったコロッケをつまんで反論と共にビールで喉の奥に流し込む。私にとっての「ただいま」は、戦闘開始の合図に他ならなかった。しかし、「ただいま」という言葉を発することによって、自分をねぎらうと共に、自分が頑張ったことをきちんと認識する。「今日一日頑張った自分」に対して「ご苦労様」と言ってねぎらってやる意味があるのだとは……。

涙がポロポロ溢れた……そう、私は戦士。夫や子どもにとってはリラックスタイムであっても、そこに家族がいれば戦闘空間。もう充分頑張ってる。労って欲しかったのだ。以来、帰宅すると、私は小さな声で「ただいま」という。まず自分のスペースにいき、ゆっくり座り、カバンの中身を全部出す。その行程が終わるまでは、キッチンに行かない。カバンが空になり、自分の中も空になる。心地よい疲労感は頑張った証し。さあ、美味しいものでも食べようか。豊かな明るい食卓が始まる。

ならば、どんな今日を過ごそうか？

kokko

「未来は今日の続きにあります。今日の変化が、未来の変化になります」（『結果を出し続ける人が夜やること』より）。

努力型の妹と天才肌の妹と、なにをやっても失敗してダメダメな姉の私。親に期待されて輝く道へと、ステージの上へと、駆け上がっていく妹たち。「お姉ちゃんはいいから、前に出てこないで」と言われる私。グズで泣き虫でのろまで、ひとつのことができるようになるのに、人の倍以上時間がかかる。大人になっても、恋も仕事もうまくいかない。「お前の妹って美人じゃん。お前と顔のパーツは同じでそっくりなのに、なんで妹はあんなに美人なの？　なにが違うの？　配置の仕方？」と真面目に聞かれたこと数回……もはや、ひきつりながら笑うしかない。それでも心のどこかで、未来に期待する自分がいて……5年後10年後20年後、どんな未来を望むのか。未来は今日の続きにある。ならば、今日どう生きるのか。

ある日の偶然の出来事が、私の〝今日〟に変化を起こし、それが今現在の私に繋がるこの奇跡。妹たちより結婚も遅くなったし、交通事故や仕事や子育てのトラブルなど大変なことも沢山あったけど、でも今、家族みな仲良くそれぞれ好きな道を自由に歩み、毎日笑って暮らしている。妹たちとは比べる必要のない私の世界。子どもの頃に夢見て望んだ未来を、今生きている自分。昔うまくできなかったことはダメなことじゃなかった。あのできなかったことの数々と悔しさが、私を心身ともに鍛えてくれた。だから、今なにがあっても笑っていることができる。

夜見た夢を朝叶える。子どもの頃見た夢を大人になって叶える。自分で自分をダメにしない。自分で自分の未来をあきらめない。「どんな自分になりたいか？」ずっとずっと頭の片隅で考えながら生きてきてよかった。さて、次はここからまたどんな未来を望んでいこうか？

今日の自分が未来の自分を作る。ならば、どんな今日を過ごそうか。

ピンチはチャンス

今村公俊

新型コロナウイルス流行により、新しい生活様式に向き合わざるを得なくなったが、オンラインが欠かせなくなったこともその一つだろう。緊急事態宣言が出される前に〝Ｚｏｏｍ〟を使う機会があったのは、とある文章サロンのみであった。しかし、それさえもリアルで参加していたので、耳の聞こえが悪いこともあり、オンラインは避けていた。

ところが、コロナウイルスの影響で、この文章サロンでも全員オンライン参加となった。それが思いのほか、不便は感じられず、終わったらそのまま自宅にいることが実に快適であることに気づいた。バーチャルとはいえ、パソコン1台で、まるでどこでもドアのように、どこにでも出かけられるメリットを発見してしまった。それは多くの人も実感しているのではないだろうか？

それからは〝Ｚｏｏｍ〟でセミナーがあると聞けば、積極的に顔を出すようになった。

フリーアナウンサーさんの講座では話し方や自己紹介の仕方を教わり、幕末の歴史に詳しい友人の講演会を拝聴した後は、新撰組の土方歳三に関して随分詳しくなった。その他には、遠く福岡に住んでいる方からコーチング（相談や質問を通してクライアントの問題の答えを導き出す手法）のセッションをしていただいたこともある。この方とはフェイスブックで繋がってはいたが、実際にお話をさせていただいたのはこの時が初めてだった。本当に楽しい時間を過ごすことができて、また一瞬にして遠隔地の方とリアルタイムで繋がることができたことは実にエキサイティングな体験だった。そして英語サロンに参加し始めたのもこの頃である。実はオンラインでも、耳の聞こえが悪い自分にはそれほど音声が聞き取れているわけではない。しかし、それを上回るほどの楽しさを知ってしまった。

新型コロナウイルスの影響がなければ、遅々として進まなかったオンライン・システムが、これほどの速いスピードで人々の間に浸透することはあり得なかっただろう。自宅で仕事をしたり、学校の授業を受けられたり、セミナーや講座に参加するのが当たり前になるなど一昔前までは考えられなかった。

ピンチがチャンスになるなんて、何が幸いするかわからない。

視覚障がい者なりの〝やることリスト〟管理法

河和旦

私には重度の視覚障がいと肢体不自由の重複障がいがある。視覚障がいの程度は未熟児網膜症により右目は失明、左目にも重度の視力障がいと視野障がいがあり、日常の文字の読み書きには点字を使用している。肢体不自由障がいの程度は脳性麻痺による運動機能障がいがあり、主に左手と左足が動かしづらく、外出時には車椅子を利用し介助者を同伴している。

後藤勇人先生が書かれた『結果を出し続ける人が朝やること』を読んだ。この本はビジネスで成功している人たち、結果を出し続けている人たちが実践している朝の使い方のなかから、より効率的で効果の高いものが紹介されている。

この本の中で、後藤先生は「今日やるべきことをすべて書き出し、常に目に入る場所に貼る」という作業を紹介している。確かにこのワークをすることで、その日やるべきことが明確になり、作業効率が上がりそうだ。このワークを見たとき、視覚障がいと肢体不自由の重複障がいがある私がこの作業をするには、どのようにしたらよいか、考え込んでしまった。点字では紙の管理が大変だし、普通の文字で手書きなんてできない……パソコンで入力しても、メモが見返せるのはパソコンが起動しているときだけなので、目が見える人の言う「常に目に入る」と同じ効果は得にくそうだ。いろいろと考えて私が出した答えは「スマートフォンを使って、やることリストを管理する」という方法だ。クラウドに保存できるメモアプリを使えば、職場のパソコンとも同期できる。パソコンがない所でやることメモを確認したくなったら、スマートフォンを使えばよい。どちらの端末を使っても、画面読み上げソフトが入力したメモを読み上げてくれるので「視覚障がい」というハンディは克服できる……ということで私は「OneNote」というメモアプリの付箋機能を活用して、やることリストを管理し始めた。具体的には、朝起きた後、今日やるべきことを入力して、その日達成できたタスクから順に、メイン画面から消すようにした。この方法を実践することによって、今自分が抱えている作業がどれぐらいあるかがはっきりわかるので、仕事に追われないで済みそうだなと感じている。

あくまで今回紹介した内容は、視覚障がいというハンディキャップを補うために、私が思いついたタスク管理法である。これ以外に点字電子手帳のスケジュール帳に書き込む方法や、スマートフォンとスマートスピーカーを連携させる方法も有効である。

Twitterで、誰でも出来るプチ情報発信の魅力とは？

阿部勇二

Twitterのお陰で、ささやかな自分の「大好き」が、もっと大好きになりました。自分の独り言に反応される喜び、自分に興味を持ってもらえる喜びは、何物にも代え難い自己承認欲求を満足させてくれます。私は毎日、コーヒーの味、感じたことをTwitterでつぶやいています。読者への挨拶、ささやかな感想、誰かとの対話は、時に面倒くさいときもありますが、とても楽しいです。

「コーヒーに、きな粉を入れたら美味しい？」「あんこが入ったコーヒーは美味しい？」などをつぶやいたら、飲んだことないので試してみたい、健康にいいのでおすすめなど、いろいろな反響があり驚いたことがあります。はじめは、自分へのメッセージの記録と作文能力向上が目的でしたが、いつの間にか、いろんな人が「いいね」をしてくれたり、挨拶をしてもらったり、質問がきたり、対話がいっぱいになりました。そうなると、不思議ですが、コーヒーのこと、文章のこと、SNSの運用について勉強するようになりました。自分が少し成長したみたいで、嬉しくなって続けられています。

特に、Twitterのプロフィールは、名刺交換だとわかってから、繋がり方が激変です！

誰も、恥ずかしくて控えめにしかプロフィールを作りません。でも、冷静に考えれば、自分のプロフィールは自分の大切な足跡です。それをカミングアウトするだけで、日々のツイートが活性化します。どんな人かわかるだけで、何を言っているのかわかり、興味を持ってもらえます。そして、私に興味を持って、多くの人がコメントをくれたり、応援してくれたりします。

完成されたサービス、コンテンツに飽きて、Twitterという社交の場で、みんな、自分の「大好き」を探しているのかもしれませんね。自分の持っているささやかな知識や経験で、他者と共感できるって、最高です！　たくさんつぶやくと、誰かと繋がり化学変化が起きて、新しい自分にめぐりあえたりします。そんな、凄いTwitterを誰もが使えるようになってもらいたいです。最近では、私にTwitterの使い方を聞いてくる人が増え、セミナーをしたり、コンサルをしたりしています。新しい出会いが増えてワクワクです。

入門セミナーでは、誰もが可能性があると感じていて、改めて少し熱い気持ちになりました。あなたのスマホは、Twitterがインストールされていますか？　Twitterで、自分をバージョンアップして、もっと「大好き」を楽しみませんか！

自由と自立と自律と

添田衣織

「アプリを作ることができるばあさんっていいよね」……私はそう言ってみた。息子は笑っていた。私はひそかにプログラミングを学んでいる。たいしたことなく、まだまだ初心者なのだけれど……なぜ続けているのかというと、女性の自立のためにも将来的にアプリぐらい作れるようだといいな……と思うからだ。アプリとまでいかなくても、ウェブ関連に詳しくなること……これは後半戦を生き抜く女性にも必須だと考えている。

そんな想いが根底にあるからなのか？　私は今、お母さんたちにワードプレスのブログ構築を教えている。親子留学を始めたばかりの頃は孟母三遷の教えをモットーに、子どもの教育を第一に考えてきた。また同時にブログ構築しながらも、集客し続け生き残ってきた。ドイツ滞在10年目の2020年7月ごろから、ブログ構築を教えることも始めた。世界の情勢も変化していくので、仕事の軸も複数にする必要がある。今まで親子留学のサポートをしてきたが、大事なことはそれだけでなく、お母さんたちにとっては起業して仕事することこそが今こそしたいこと、大事なことであることもわかった。

グーグルのアルゴリズムは変わっていくので、対処していくのは大変だけれど、お母さんが独自ドメインのブログを持つことは大事だと思っている。ドイツに滞在するにも収入がないと滞在の継続がままならないということもある。独自ドメインのブログが絶対に必要なのか？　という疑問もあるけれど、今のような時代なら、持っていた方がいいとも思っている。女性が自由になり自立するためにはブログからはじめよ……これも言い過ぎではないと思う。YouTube全盛の時代だとしても、「基本のコンテンツは、ブログにある」とも思っている。

女性が自由な感覚を持ち〝自立〟して、人生の後半戦はさらに〝自律〟までしていく……これこそが女性の幸せかもと思うようになった。経済的に自立するだけでなく、自分を律して毎日の生活は小さく整え、心はいつも穏やかに中庸であることは長生きのコツであるとも考えている。自律、自分を律すること……欲望少なく、ありのままで、自分を知ること、無理をしなくてもいい……自分から遠いところでなく、自分の身近なことに目を向けるという視点を持ちたいと思っている。

コラム　絵本、詩集、ビジネス、表紙……

「本」にちなんだエッセイのことを〝リブリオエッセイ〟と称している。新聞などに掲載されている書評や読書感想文とは、ちょっとニュアンスが違っている。ふみサロではリブリオエッセイを書くことを推奨しているのだが、毎月の課題本に対して〝表紙だけ見て読まないのもあり〟だったり、本の内容に触れて書くかどうかも書き手の自由であったりする。「○○と言えば……」と、全く関係ない方向に話を持ってくオバチャンの会話的発想でも構わない。さらに課題本の振り幅もメチャ広い。絵本がきたかと思えば事業資金調達法、そして自衛隊防災ＢＯＯＫ、芥川龍之介がきて、ビジネス本に歯の話、さらには「バンクシー関連」など、本の指定すらないことも……自分ではセレクトしない本たちと出会えるのも絶好の機会、千載一遇のチャンス。「今度はそれか！」と毎回ワクワクするのもまた一興である。

（吉田）

第4章　なつかしあわせエッセイ

夏の音

吉田真理子

夏の音。カランカラン。グラスに氷がぶつかる白い甘い音。風鈴の音と重なり、縁側で飲むカルピス。幼い頃、夏はいつもカルピスとナボナがあって、庭の大きな桜の木に止まるセミを追いかけ、裏の井戸から汲み上げた水で冷やしたスイカを頬張る。典型的な夏の風景の記憶。夏休みは、サッカーの合宿とスイミングの合宿。それ以外は、おばあちゃんのうちにいた。父方の祖父母の家には、父の兄弟である叔父や叔母がいて、かわるがわる遊んでもらった。

絵本もよく読んでもらった。日用品がたくさん載ってる絵本。食べ物の絵本。おなじみの桃太郎、金太郎、浦島太郎。少し大きくなってからは、大きな本棚にあった本を片っ端から読んでいた。朝から晩まで本棚の前に座り込んでいると、カランカラン。おばあちゃんがカルピスを持ってきてくれた。

おばあちゃんが作るカルピスはすごく濃くて、飲み終わると喉の奥に甘い痰のようなものが残るのが常だった。いつもカルピスはご進物で届く。オレンジ、グレープそして普通のカルピス。栓抜きで開けて、白いプラキャップを付け直す。必ず少しこぼれて、手がベトベトになった。そこにあるのが当たり前な飲み物だった。

中学生になり、夏休みも部活等で忙しくなり、おばあちゃんの所へは行かなくなった頃、世の中にカルピスウォーターという商品ができた。飲んでみてその味の薄さにびっくり。何コレ味がないじゃん。

その後、濃いめのカルピス、カルピスソーダ、様々な商品を飲んだけれど、おばあちゃんのカルピスにかなう濃さのものに出会ったことはなかった。そういえば、たまに家で母が作るカルピスも限りなく薄かった。あれは贅沢品だったのか……。

飲みたくてお小遣いを握りしめて買いに行き、その値段に驚いて、半値程度のコーラスを買って帰ったほろ苦い思い出とともに、豊かだった幼い頃の夏がよみがえる。

波うちぎわに向かう道

ねもとよしみ

小学生時代。夏休みには、子ども会で路線バスに乗って海水浴へ行った。小さい私には遠い道のりで、途中どうしても眠ってしまう。着いたよと声を掛けられると、そこにはまぶしい波しぶきがザブンザブンと打ち寄せてきていた。母親に手を引かれながら海に入ると、波が怖くて塩水が顔にかかるたびに泣いていた。

10代。女子高のテニス部にいた私は、夏休みは毎日練習。『エースをねらえ！』一色に染まるテニス部。スポ根マンガさながらの怖い部長が、体力の限界まで絞り上げる。1年生の落ちこぼれ5人娘は、ある日の朝、風邪や親戚の法事を理由に部活を休んだ。バスに乗ってサンサンと輝く太陽の海に向かい、5人娘はザブンと飛び込み、テニスコートとは違う真夏の日差しを浴びた。翌日、真っ赤に焼けた顔たちは、スポ根部長からの「グランド30周！」でもっと赤くなった。

20代。学生時代の友達の赤い車には、なぜか椰子の実や貝殻の飾り物がいっぱい。お嬢様育ちの彼女、泳ぎは苦手なはずだ。しかし私たちは、流行のファッションを気取り、前髪をトサカのようにカールして、背中までの長い髪、青いまぶたとピンクのラメラメ口紅。小麦色の肌は、泳ぎもしないのに海岸で焼いた。

30代。子どもたちに黙って、明日は海に出かける計画を立てる。朝早くおにぎりを作り、浮き輪を膨らませて、起こした子どもたちには水着を着せる。笑顔のだんご3兄弟。海岸に到着するなり、いちもくさんに海へと駆け出す。パラソルを立てる間もなく、後を追いかける。こんなに弾ける笑顔が見られるなら、何度でも連れて来たくなってしまう！

40代。女友達が私をドライブに誘ってくれた。2人で防波堤に腰を掛け缶ジュースを飲む。薄曇りの海で、ここのところの苦労話などを、彼女は黙って聞いてくれる。波うちぎわは遠いのに、頬を伝う水がしょっぱい。

50代。免許を取った息子が、横に可愛い彼女を乗せて、かっこをつけてハンドルを握っている。君たちもそうやって海に行く年頃になったんだね。時が流れながら、ザブンザブンといろんな波に乗ってきた。波は昔も今も変わらずザブンザブンと打ち寄せている。

鮮やかで悲しい

瓶子かずみ

私は子どものころから、エドワード・ゴーリーの『おぞましい2人』などの、いわゆる「人間の闇の部分」を描いたものを好んで読んでいたので、かなり変わった子どもだと思われていたと思う。エドワード・ゴーリーは徹底して冷酷で無慈悲な世界をモノクロで細部まで緻密に描いている。

一方、今回手にした『なつのおと みつけた』は、エドワード・ゴーリーとは正反対の柔らかい鮮やかな色合いと純粋で優しい「人間の光の部分」を描いている。子どもが初めての夏に聞く音・オト・おと。それらは全てが鮮やかで心が躍り、時には恐ろしく感じもしただろう。私は「なつ」という音は好きではない。

私が思う夏の音は、「サンサン」とグラウンドに影一つ作ってくれない太陽の光。「ファイ」「オー」と掛け合いながらグラウンドを走る女子の声。「さぁ、こーい」と叫び、中腰で構えながらノックを待っている自分の情けない姿。「カッキーン」とボールがバットに当たり、自分の守備範囲にきて「バシッ」とグローブの中にボールが入った時の安堵感。「ヒャッ」として心地よかった、日射病になった時の頭に当てたアイスノンの冷たさ。「光化学スモッグが発生しましたので屋外で運動している人は直ちに中止して下さい」という神の声。

ただこれらの音は今思えば鮮やかな青春の一ページであり、自分が無我夢中で走り抜けた人生の証しでもある。

私が「なつ」を好ましく思えない理由は別にある。それは「おと」ではなく「風景」や「物」、「数」にある。「雲一つない鮮やかな青空」「8月6日」「8月9日」、広島・長崎に原子爆弾投下。「8月15日」昭和天皇の玉音放送による日本の敗戦。この日、国民は初めて「神」と崇めていた天皇の声を聴いた。更にこの日は私の誕生日でもある。終戦記念日ということもあり、素直に喜べない自分がいる。

「なつ」という音は沢山の歓喜と悲しみで私の心を狂わせる。光あるところに闇あり。この二つは一対であり、決して分けることはできないのだろう。

なつのおと

横山人美

デーデーポッポ、デーデーポッポ。窓際から一枚ずつたたまれていく布団の上。開いているのに焦点が定まらない瞳で、差しこんだ朝日のストローがほこりを空へ連れていくさまをみている。

デーデーポッポ、デーデーポッポ。フワッ……ゴロ、優しい笑顔とともに畳の上に転がされ、ようやく焦点が合い、大きく開いた窓の木枠にちょこんと座って外を見る。

ゴゴゴ、バシャー。ゴゴゴ、バシャー。道路に大きな地図できた。「ありがとねー、また明日頼むねー」。おばあちゃんは自分と同じ背丈の柄杓《ひしゃく》を手に持って、配達おわった学生を見送っている。ゴゴゴ、バシャー。ゴゴゴ、バシャー。カチャカチャカチャ。白い牛乳とコーヒー牛乳。けんかになるから半分ずつ、コップにいれてマゼマゼマゼ。コーヒー牛乳は高いから、1本しか配達してもらえない。ジー。今日もいい天気！「おはよう！　いこ！」

キャー、バチャン、スイスイスイ。つめたーい！　カラン、カラン、カラン。あがれ、

あがれ、休み時間だぞ！　プール監視の高校生、ちょっとえらそうだけど人気者。ジー。ジワー、ジュー。からだについた水滴が灼けたコンクリートとおひさまに吸い込まれていく。「まぶしいね」。

ミーン、ミンミンミン、ミーン、ミ、ミ、ミ、ミ、パサッ！　スー、パサッ！　ひろみちゃんの虫取りは、百発百中の名人級。オニヤンマたくさんカゴに入ってる。ダダダダ！

カラン！　ひとちゃん見つけた、ケーント！　とっちゃん見つけた、ケーント！　ダダダダ！　カラン、カラカラカラ……。「あー、あー、泣いちゃった。鬼、変わってあげるよ」。よっちゃん小さいから、「はいのこ」ね。カナカナカナカナ。カナカナカナカナカナ。カナカナ。

開けっ放しの窓、人の声、時を知らせる風景。人を待つ楽しみ、分け合う気持ち、弱さをかばう優しさ。ほんのひとコマの思い出に、緑の風に乗って溢れるほど聞こえてくる「なつのおと」は、どこに消えちゃったのだろう。みんなの姿が見えていた。約束なんかしなくても、そこにいてくれる安心感があった。

遠い日の思い出「クロ」

横山人美

「おやー、これかね、東京から来た犬、真っ黒だねか！」

初めてひとりで東京へ向かったのは高校3年の12月。前日に父親が、上野駅から親しくない遠い親戚にあたる家がある金町までの行き方を、黄色い広告の裏に鉛筆で書いてくれた。西日暮里、千代田線、金町、駅を出たらバス……「迷ったら人に聞きなさい」と。受験より無事に親戚の家まで着けるのか……心配で眠れなかった。新幹線がない時代。特急「白山」で5時間。東京は遠かった。

受験が終わり、2日前あれだけドキドキしてたどりついた金町駅前で、私はカバンを探していた。底のマチが広くて、横から見ると三角形。ファスナーで口が広く開く。

「これで、クロを連れて帰れる！」

「駅や電車で何か言われたり、叱られたら、このお金と電話番号を見せるんだよ」。遠い親戚のおじさんが5千円と家の電話番号を書いた紙きれを持たせてくれた。「これだけあれば絶対大丈夫！」。自分自身に何度も呪文のように言い聞かせた。電車の中で見つからないようにカバンから出し、抱っこをしてジャンパーを上からかけた。こっそりトイレへ連れていき水を飲ませ、車掌さんが横を通るたびに寝たふりもした。電車の暖房で犬が臭うと、隣の人が怪訝な顔をして席を移った。

「知るもんか、怖いものなんてない！」。帰り道の自分が、行きのそれとは違うことがはっきりわかった。かわいいだけではない。その時の自分をそのまま表しているかのようなクロを置き去りにはできなかったのである。受験に向かったはずの私は、見知らぬ土地で自分の後をついて離れなかった真っ黒な子犬をカバンの中に隠し、地元の駅に降り立った。

玄関でクロと私を迎えてくれた家族の驚きと安堵の顔は、今でもはっきり覚えている。「加助さんちの人美ちゃん、東京へ受験に行って犬を拾って帰ってきたらしい……」。たちまち近所にうわさが広まった。一歩外へ出ると皆知り合いという田舎に育つ子どもが、キラキラした都会の中を歩く時に経験する孤独さ。そして、孤独は一歩ずつ前へ進むたびに味わったことのない無限の自信と夢へつながっていく。そんな勇気を与えてもらった遠い日の思い出は、今も生きる糧となって心の中に息づいている。

犬が犯した罪と罰

吉田真理子

「白」が犯した罪と罰、そして救いの物語。できれば、避けて、忘れて、なかったことにしたかった過ち。

1985年、大学3年の私は当時大流行していたエアロビクスに夢中だった。バブルの時代、大流行したエアロビクスのインストラクターは当時の女子のなりたい職業トップ3に入るほどの「イケてるスタイル」。ご多分に漏れず私も短期養成だけ受けて「インスタントラクター」（即席で教えられると勘違いしてるインチキ指導者）としてブイブイ言わせていた。そんな私に舞い込んだ一つのサークル指導の話。二つ返事で引き受けた。好きなことを教えて、先生呼ばわりされ、しかも謝礼金までいただける。といっても、正式な養成コースを出たわけではない私は、せっせとスタジオに通い、そこで受けたレッスンをそのままパクリ、サークルで多少アレンジして教えるという「インチキラクター」を続けた。それでも、生徒のおばさまたちは喜んで指導を受けてくれ、謝礼金以外にもお中元、お歳暮、また職場で余ったという様々なものをプレゼントしてくれ、私は浮かれていた。そして、大学4年、卒業間近の3月。あこがれのスタジオに就職が決まり、私はサークルを辞める旨を申し出た。代わりの先生なんていくらでも見つかるだろう。もちろん生徒さんたちは、喜んで送り出してくれた。しかしずいぶん経ってから、そのサークルは解散したと耳にした。私が放り出したあと、代わりの先生も見つからず、続けられなかったらしい。私が潰したんだ……。浮かれてた自分の都合だけで、せっかく続けてきた皆の運動の機会を奪ったんだ。深い深い後悔に襲われた。

以来、私は「自分から辞める」ことを放棄した。先方から切られる、もしくは引っ越しなどのやむない事情以外は、ご縁をいただいたものは、「終わるまで続ける」。まさに、戦い続ける「黒くなった白」の気持ち。

そして、今。コロナウイルスの影響で休業となり、仕事の仕方を再構築することに直面している。月に向かって語り掛けている白に重なる思い。この先は「黒くなった白」が「白い白」に戻ったように、私にも解放が訪れることを願いたい。

障がいとパフォーマンス

河和旦

障がい者が健常者と同じ結果を出すために、ものすごいパフォーマンスを発揮し、努力を要求されてしまうことがある。まるで、主人公の「白」が茶色い犬を助けたときのような猛烈なエネルギーを投入しているようなイメージである。

私は10年前に大学院の入試を受けたとき、猛烈なパフォーマンスを要求される経験をした。大学の学部を卒業した後、半年間の浪人生活を経て、首都大学東京（現・東京都立大学）人文科学研究科・社会行動学専攻・社会福祉学分野の入試を受験した。第3章のエッセイでも書いたように、私には視覚障がい（点字使用）と肢体不自由障がいがある。そのため、点字の問題文を用意していただくとともに、試験時間を健常者の1・6倍に延長してもらって受験した。その結果、4時間48分に及ぶ英語の筆記試験と3時間36分ほどの社会福祉学の専門知識科目の筆記試験を受験することになった。

試験当日は結果を出して合格したいという思いが強かった。気合いを入れて試験に臨み、体力が持たなくなってしまったのだ。当日のスケジュールは8時30分に控え室に集合、9時から13時48分まで英語、14時40分から18時16分まで専門知識科目の試験という、長丁場の試験だった。試験時間が長かったことによる疲労感と、英語の試験の後半から、肢体不自由障がいに伴い手足の筋肉が過剰に緊張して強い力が入り続けたことが重なり両肘がしびれ、指先の感覚がなくなり、点字の問題文を読むのが難しくなった。それでもなんとか、できる限り答案を書こうと努力したが、専門知識科目の試験が終わって、試験室から出たときには、ヘトヘトだったのを覚えている。

試験の結果は残念ながら不合格になってしまった。だが、精一杯努力して不合格になったので、自分の目標はある程度まで達成できたことにして、次の進路を考えることにしたのだ。

バリアフリーの意識が高まるなど、障がい者に対する理解は進みつつある。だが一方で、一般企業や一般学校に障がい者が在籍している環境で、健常者と同じ結果を出そうとして、疲弊してしまう障がい者がいることも事実なのだ。私は、ここまで障がい者が無理をせず、のびのび生きていける社会が実現してほしいと願っている。

幸せは搾取されない

今村公俊

自分は生まれながらにして聴覚障がいを持っている。これがなかなか不便である。まず会話に不自由する。なにせ音声が歪んで聞こえて「きしち」「くすつ」の区別がつかない。例えば「千代子さん」と「清子さん」とでは全く聞き分けづらい。いくら補聴器をつけているとはいえ、補聴器は音を全部拾ってしまうので、同時に周囲の様々な音も聞かされる羽目になる。お年寄りが補聴器を嫌がって使わなくなる話をよく聞くが、これは実にうるさいからである。だから相手の言ったことを聞き返したり、確認するのはしょっちゅうだ。

これが電話となるとさらに厄介だ。顔の見えない相手との会話で緊張感が増してくるのはおそらく健常者でも同じだと思うが、そこへ聴覚障がいである。全然違う音でも同じイントネーションだと区別がつかないこともある。以前勤めていた職場では電話で相手が発する「とばりさん」を「こもりさん」と聞き違えたこともある。同じ抑揚だと同じ音に聞こえてしまうのである。これでは仕事上不便でならない。

長年このような不便を強いられてきたが、ガラケーが世に出てきたあたりから電話による心理的な負担はかなり減ってきた。メールで会話ができるようになったからである。目で確認できるようになった点でいえば、テレビでは俳優さんの聞き取りづらいセリフも日本語の字幕でわかるし、最近では映画館でも文字を映し出すメガネで、邦画でも字幕付きで楽しむことができるようになった。病院や役所、テイクアウトのお店で呼び出しを待つのに電光掲示板で番号で表示してくれるところが一部で採用されているが、これがもっと広がってくれると大変助かる。また、私が何よりも一番有り難く、楽しいと感じるのは、こちらの耳に聞き取りやすい発声でゆっくりと話してくれる相手と会話をする時である。

不便なところばかりクローズアップすると一見不幸に見えるかもしれない。けれども便利になったことや楽しいことに目を向けると、実は幸せなことだということにも気づく。足元にあって気づかない幸せというのはとても多いのではないか。気づきが多いほど、幸せは搾取されないのではないかと思う。

しあわせいろいろ

よこすかしおん

しあわせって、なにいろ？　しあわせは、あかい！
スーパーで、かってきたイチゴ。ぼくのだいすきなヒーロー！
おいしそうなリンゴ、もらったとき。

しあわせって、なにいろ？　しあわせは、あおい！
はれたひの、あおぞら。なつやすみにでかけた、うみ。
だいすきなしんかんせん。

しあわせって、なにいろ？　しあわせは、しろい！
ほっかほかのにくまん。しょうがつに、たべるおもち。
あさ、つもっているゆき。

しあわせって、なにいろ？　しあわせは、きいろ！

だいすきなバナナ。だいすきなカレー。
うんこかんじドリル！

しあわせって、なにいろ？　しあわせは、みどり！
いっしょにのぼったやまのいろ。まっちゃのデザート。
よつばのクローバー（みつけるといいことがあるらしい、ママによる）

しあわせって、なにいろ？　しあわせは、くろ！
やまでみつけたかぶとむし。プリンのうえのあまいとこ。
ママのすきなタピオカ！

ふしあわせって、なにいろ？　ママ、まちがえてるよ！
ぼくのほんには、ふしあわせって、のってないから、わからない！
「ふ」をみつけたら、ぬりつぶしたらいい！
ふしあわせなんて、ことばはないから、みつけたら、しあわせにかえればいい。

ママ、さいしょからやりなおしだよ！　へんなことばは、いいかえたらいい。
クリスマスは、なにいろかな？

しあわせって、なにいろ？　しあわせは、ほしのいろ！
ぼくのパパはウルトラマン！　そらから、ぼくのことをみてるらしい！
だから子どものぼくも、ウルトラマン！

ふしあわせって、いみはわかるけれど、ママには、しらないふりをした。
きっとママをまもるやくわりも、ウルトラマンにはあるとおもったから、
ふしあわせがやってきたら、ぼくがあいてだ！

ぼくはうたう、しあわせいろいろ。ことばをかえるだけで、
ふしあわせも、しあわせにかえられる。
シ～は、「しあわせ」よ～　さぁ、う～たいましょ～♪

第5章　『父滅の刃』エッセイ

鬼子の刃

横須賀しおん

「親に似ぬ子は鬼子」……幼少期、しきりに祖母がボヤいていた諺《ことわざ》だ。僕の父は、中卒で口下手な一匹狼の建築職人。息子たちが揃いも揃って口下手な様子を皮肉って、よく祖母が「親に似ぬ子は鬼子」を使っていた。祖父が、まったく喋らない人だったのだ。口下手という点においては、僕も父の影響を受けていたが、僕には一点だけ、鬼子としての資質があった。

ほとんど本を買わない両親だったが、僕だけ小1から図書館でよく本を借りるようになり、お小遣いでも、よく本を買うようになった。親に勉強の事を聞いても分からないと思っていたので、なんでも自分で調べて考えるようになった。塾には行ってなかったので、小3までの成績は平凡だったが、小4から急に主要科目がオール5になった。その後も兄弟の中で僕だけが大学まで進学した。勉強して父を乗り越えてやるという反骨精神があったのだ。一部上場企業に就職し父の年収を超えた頃には、父を見下していた時期もあった。

ところがある日、父は仕事中に屋根から落下し、車椅子生活の身体障がい者になってしまう。カラオケが趣味だったのに一時はマイクを握る事さえできなくなってしまった。しかし、その後のリハビリで驚異的な身体能力の回復を遂げ、父は身体障がい者でありながら町内カラオケ大会で優勝してしまった。人生後半にしてようやく、地元では誰もが知るカラオケチャンピオンとなり、スポットライトを浴びるようになったのだ。僕はその時初めて、母から「父の幼い頃の夢が歌手になる事だった」という話を聞いた。どん底から、少年時の夢をささやかながら叶えるまでに進化を遂げた父。僕にとっての、父の存在意義は、そこから変わり始めた。父の執念は、子どもの頃の「本を出せるような人になりたい」という夢を、未だに成し遂げていない現実を、僕に強烈に突きつけてきた。父に対する敗北の感情と尊敬の感情が、だんだんと複雑に入り交じるようになってきたのだ。

僕には、果たして父を超えられるのか？　そんな事を考え始めた時、僕の目指している方向も、結局は父と似ていたのだという現実に気付く。僕は鬼子ではなく、父の子そのものだったのだ。目の前に立ちはだかる、父という壁。「夢は決して諦めない！」が、父から学んだ最高の教えだ。

父性のある、大家族的食卓

伊藤よしき

夕食を食べようとしている時だった。〝父性のある大家族的食卓〟本の中のその一行がふと浮かび、私にあの食卓をふいに思い出させた。

私は大学卒業後、都内の日本料理店に板前修業に出た。最初の1年間は追い回しという役目をこなす。様々なポジション（煮方、焼き方、刺し場）を体系的に学ぶため、というのは聞こえがいいが、要は使い走りである。暑い（熱い）、しんどい、重い、汚い、痛い。これらのキーワードと共に追い回しの1年は過ぎていく。このような日々の中で私が一番好きだったのは、賄いの時間だ。余った食材を集め、30人前の食事を作る。調理時間は正味20分。もたつけば、帰宅時刻はその分遅くなる。この賄いで新人は、舌も手の早さも、調理順序の組み立ても鍛えられる。

30人前の食事が長机に配置され、板長が中央に座る。板長の「いただきます」に皆がお腹を空かせた無防備な顔で箸を取る。

一斉に食べる。この瞬間が好きだった。今思えば、あの賄いの時間こそが父性のある食卓だったのだと思う。彼がただそこに座っているだけで、皆が安心していることが伝わってきた。調理指摘を受けメモをとりつつ、板長を観察する。彼は静かな人だった。仕事中は厳しく、新人なんかがとても近づくことは出来ない雰囲気だった。しかし、食事中だけは別で、そのときだけが私が直接彼と言葉を交わせる時間だった。食卓の中央で、黙々と箸を動かす板長と里の父が重なり、修業が辛くなるといつにもまして賄い作りに精を出した、あの日々。

現在は、夫、5歳の息子、私の3人で食卓を囲んでいる。賄いと比べると10分の1の量で済んでいる。随分と調理は楽なはずなのに、どうにも楽に思えない。安心感がいまひとつ不在の食卓。父性の欠落？　一瞬ひやりと背中が冷たくなった。いやでも……と私は気を取り直す。私は父性のある食卓を知っている。これからの毎日で家族一緒にそれを作っていくのだ。そしてそっと箸を取った。

父をおもいだして

かわいはなこう

今朝、『父滅の刃』という本が届いた。最近入会した文章サロンの課題の本である。締め切りに間に合わないだろうと本を読みながら、ふとついているテレビに目をやる。そこに映っていたのは、大林宣彦監督が末期の癌になっても映画を撮り続けた記録だった。末期の癌で、体重が半分になっても頑張って映画に情熱を捧げている。その弱々しい姿を見て急に父のことを思い出し、こみ上げてくるモノに動かされペンを握っていた。

今年、父が亡くなった。10年以上寝たきりで、動くこと、食べること、人間として出来ることほぼ全てを奪われた。もっと悲しいのは、それでも意識だけがしっかりしていること。体が病気でガリガリになり小さくなり、それまで一家の大黒柱だった父が壊れていく。仕事場、家、ずっと一緒。寝ている時以外は、恐怖と不安と絶望と色々なマイナスなことが混ざり合い大きな塊となって身体中を支配する。「俺は3時間睡眠でも大丈夫だ、ナポレオンだ」と言っていた父がもうここにはいない。大きくて強くて尊敬できる存在だったのに、私がその役につかねばならない。家族、従業員を引っ張っていかなくてはいけない。そして無意識に選んだのが「Bad Father」になることだった。弱くて何もない私を隠すため。この期間で得たものは何もない。ただこなすだけの虚しい日々。

絶望の中、私を救うべく現れたのが子どもたち。高齢出産でやっと授かった子どもたち。見ないようにしている私と父の問題、私自身の問題を見ざるを得ない状況にしてくれた。

私は本を読むのも文章を書くのも大の苦手であるが、父は本や書き物が大得意である。なぜ父は忙しい中、文章をたくさん作り続けていたのだろうか？　父が好きであった物の一つでも、私がその後継となり、いつの日にか父が味わった感覚を共にしたい。今、心の中に浮かぶ父は髪の毛もふさふさで生き生きとしている。

悲しみが薄れている。

不思議だな。

未熟な父性原理の悲劇

つるたえみこ

5歳くらいだったか、いつものように幼馴染《おさななじみ》の真ちゃんの家に遊びに行くと、家の近くに荷物が積みこまれた大きなトラックが止まっている。遠くに行ってしまう……私は泣きながら真ちゃんのお姉さんにすがって「どこ行くの？」と聞いた。幸子姉さんは「引っ越すのだけど、いつでも会えるからね」と笑顔で私の頭を撫でてくれた。優しい歌の好きな明るい幸子姉さん、真ちゃんと別れることより幸子姉さんと別れることがつらかった。

突然の真ちゃん一家の引っ越し、私はその理由を何となく知っていた。真ちゃんのお父さんは、酒に酔っては暴れて、ときには家族に暴力をふるっていたのだ。真ちゃんのお母さんの太ももにえぐられたような10センチくらいの傷痕があるのを見て、「おばちゃんこれはどうしたの」と聞くと「おじちゃんに草刈りガマを投げつけられたときの傷なの」と教えてくれたことがあった。真ちゃん一家が夜中に私の家に逃げてきて匿《かくま》ったこともある。ドンドンドンと雨戸を叩き真ちゃん一家が逃げて来た時、私は布団の中で震えていた。

その後も幸子姉さんは以前と変わらず明るくいろんなことを教えてくれた。ある時小学生の私に「かかあ天下が家族は平和で幸せよ、亭主関白の家の家族は暗くなっていくの」と私を一人の女の子ではなく、女性として話してくれたこの言葉は私の胸に強く残っている。やがて幸子姉さんは結婚したが、未亡人となって子ども2人を連れて再び実家に戻ってきた。結婚したのに、うつ病になり自死したという。暴力をふるう父親から逃れ、優しい男性を求めたお姉さんはどんな思いだっただろうか、もっと私が大人で心の内を聞いてあげられたらよかったと、後に思ったことである。その後のお姉さんは、ただひたすら家族のために望まぬ仕事をして体を壊していった。私がDV相談に関わるようになったのは、その後30年も経ってからである。

真ちゃんの父親は、社会のルールや不合理さに立ち向かう強さを自ら持っていなかった。無責任で大人になれない幼児性を残したまま大人になった人だ。父性原理が機能できないときの負のドラマは、今もいたるところで展開されている。

生きるヒントはイタリアの頑固親父にあり？

羽木桂子

セレクトショップで販売されている高い服を見て、どんな所で生産されているのだろう？　などと考えるのは、業界関係者か、よほどの服好きであろう。

輸入卸の会社にいた頃、営業はイタリアのメーカー訪問に行くので、貿易担当の私も同行する事があった。イタリアの生産元のほとんどは素朴なファミリー企業だ。だいたいイタリアの頑固親父社長と、奥さん、子どもたちで会社を営んでいる。ナポリは特に、その傾向が強い。あるナポリのシャツメーカーと打ち合わせをして、頑固親父社長に近くのピッツェリアに連れて行かれた。営業の先輩たちは「ココか～」と溜息をつき、「美味しいけど、量がハンパない。全部食べないと社長に帰してもらえないから、ピザの端っこは残して真ん中だけ食べろ」と。ピザは、本当に美味しそうだが、大きすぎる。「無理です～」「いいから真ん中だけ食べろ。それなら何とか許してくれるから」と、ふっくら美味しそうな生地の端を残して食べる。社長はイタリア語しか話せないから、長男か次男が英語に訳してくれる。曰く「日本人は小食過ぎる。もっと食べないとダメだ！」という話で、毎回同じなのだそうだ。

帰国する日に挨拶にいくと、社長がジェスチャーで「車に乗れ！」。私たちは「どこ連れてくんだ？」「フライトの時間大丈夫？」とザワつくが、超狭い立ち飲みのバルに連れて行かれ、エスプレッソが出てきて「飲め！」。頑固親父と先輩2人と私とでエスプレッソを立ち飲みし、また車に詰め込まれてオフィスへ戻り、「チャオ！」と社長は去って行く。「お別れの挨拶だったのか！」いつもこの調子で振り回されていた。

しかし、今考えると「良き父親の4条件」をイタリアの頑固親父たちは持っていた。あの国は経済が発展している訳でも、国の制度が整っている訳でもない。国に頼れないからこそ、強い父を筆頭に、家族で結束して生きる必要がより求められるのであろうか。

イタリアでは今も健在の頑固親父も、日本や欧米諸国では少なくなっているように思う。自分で道を切り開いて生きていく時代。ヒントはイタリアの頑固親父にある……のかも？

みんな揃ってごはんを食べること

kokko

「家族同士、手を離さぬように。人生に負けないように。もし辛い時や苦しい時があっても、いつもと変わらず、家族みんな揃ってごはんを食べること」（映画『サマーウォーズ』祖母栄の遺言）

家族が揃って食卓を囲む。みんなで一緒にごはんを食べる。家族の大事なコミュニケーションの場。我が家は、飲食店経営の主人、自由気ままに仕事している私、海上の船の中で仕事をしている長男、CM・ミュージックビデオ撮影などを手掛けるスタジオで働いている長女、家から遠く離れた地で寮生活しながら高校に通う次男の5人家族。家を出る時間、帰ってくる時間、休日、家族全員すべてバラバラ。家族が揃う日は年に数日。みんなで夕食を囲める日も数えるほどしかない。だからこそ、全員揃って食卓を囲める日の嬉しさ、楽しさは半端ない。みんなで笑いながら一緒に食べる食事は、なんと美味しく幸せなのだろう。

最近の「新しい生活様式」とかで【家族感染を避けるために家族は揃って食事をしない、同時にテーブルに着かず時間差で一人ずつ食事を、会話は極力しないようにという記事をみかけた。たしかに、気をつけなければいけないことなのだとは、思う。でも、これがずっと続いたら心が病気になりそう。うちはもうみんなほぼ大人だから、バラバラな時があっても大丈夫だけど。これがもし、まだ子どもたちが小さい時だったら……そう思うと胸が苦しくなる。みんな揃って楽しくごはんを食べることで、人生に負けない力を得て、温かい心を育むことができるのに。

お盆の頃に誕生日がある義母のお祝いを兼ねて、我が家と義弟一家とで実家に集まっての食事会やバーベキューも今年は我慢。たとえ一緒に食卓を囲むのが難しかったとしても、心は離れないように。いつもより心をギュッと近くに寄せられたらいいな。

すべての家庭において、その家族の心が温かく、その心の距離が密であることを心から願う夏である。

不都合な真実は隠されるのでR

真恵原佳子

「ペンは剣よりも強し」という言葉の意味が、自分が思っていたのと違っていて驚きました。広く知られているのとは逆で、起源では「権力のあるものに対して、抵抗しても無駄だ」という体制側の発言だったようです。

『父滅の刃』の著者、樺沢紫苑氏はその著書のなかで、数多くの映画を取り上げ父性の在り方を論じています。ですが、私の心に突き刺さったのは「父性について」よりも、「メディア論」ともいえる以下の箇所でした。「ディズニーは、映画を見る人たちにメッセージを無意識レベルで植え付けている可能性があり、心理学的にみて悪影響を受ける人が増えると懸念される」。ディズニーだけでなく、主流のメディア（新聞・テレビ・雑誌・ラジオ等）が、影響されていると気付かれずに人々に影響を与えたり、メッセージを広めるためにニュースを利用しているのではないか、という疑念を抱いていたからです。

5年程前、子どもの習い事が終わるのを待ちながら立ち話していた時、福島出身のご主人を持つママ友が話してくれたことがありました。「お正月に主人の実家に行ったら、兄弟の人たちが『テレビの言ってることは事実と違う！』とすごく怒っていたんです」と。また一方、２０１１年の福島原発事故以前の「安全神話：国内の原発では事故は起きない前提」とは何だったのでしょうか。「絶対安全」と言っていたのに史上最悪の事故が起き、後には「想定外」という言葉が繰り返されるばかりでした。国民がテレビを見て笑っている間に、いつの間にか日本には54基もの原発が造られていたのです。

ジョージ・オーウェルの『動物農場』の序文と、ノーム・チョムスキーの『メディア・コントロール』を読み返しました。『動物農場』は１９４５年、『メディア・コントロール』は２００３年の発行ですが、内容は古いどころか時代を経て２人の言っていることは重なり、２０２０年の時点で私が目の当たりにしていることと一本の線のように繋がったのです！　コロナ、アメリカ大統領選……あらゆる情報が、一般の人々に知らせるべきものとそうでないものに選別され、私たちが知るべき重要な情報が秘匿されている、と。

父性は存在しない

坂本圭

『父滅の刃』を読んで確信した。そもそも父性は存在しないのだと。母性に対して父性が存在するはずだという、人間の主観による願望から生まれたのが父性だと思う。

かつては、男女差別からくる保守的な教育論から「父性の復権」が主張されていた。林道義氏が父性とは「①家族をまとめ②理念を掲げ③文化を伝え④ルールを教える」ものと定義しているが、それはまさしく20世紀までのリーダーシップ論である。

20世紀までのリーダーの役割は「方向を定め、重要な決定を下し、社員たちを鼓舞する特別な人物」であった。父性そのものだ。母性には、母性本能というのがある。妊娠すると女性ホルモンが分泌されることによって子どもを育て、守ろうとする本能だ。自分の生命よりも我が子の生命を優先しようとする。

父性とは、20世紀までのリーダーシップのあり方のようだ。それは男女差別を前提とし、画一化された父親像を念頭に置き作り出されたものだ。価値観の変わった現在において、父性が消滅したように見えるのはそのためだ。20世紀までのリーダーシップと父性が同一であると考えると、社員（子ども）は無力であり、個人のビジョンに欠け、自発的に行動ができない。だから強い父性（リーダー）が必要だと考えるのだと思う。母性には母性本能があるが、父性には父性本能はない。そもそも父性は存在しないのだ。

孔子は「指導者になるには、まず、人間にならなくてはならない」と言う。子どもには、母性でもなく、父性でもない、人間性のある教師が必要だということではないだろうか。現在は、男女だけではなく、他の性も存在し、性が多様化している。そのような意味からも、20世紀型の父性ではなく、性別を超えたあるがままの人間を理解する人間性のある教師が求められている。

「父滅」でも、物足りなさを感じなかった理由

河和旦

私は母子家庭で育ったのだが、父親がいなくても「物足りない」と感じることがなかった。父と母は、「子どもが生まれたら、結婚しよう」と決めて、妊活を始めた。ところが、私が仮死状態で生まれ、かつ生後3日で肺炎を患い、危篤状態になった。このとき主治医は父に「息子さんに80％の確率で、身体障がいが残ります」と宣告した。その事実を知った父方の両親は、母との結婚を認めなかったのだという。それでも母は「これで、この子を私が自由に育てられるわ」と思ったそうだ。

小学5年生のときに、母から父のことを聞かされ「あなたが望むなら、お父さんに会わせてあげるけど、どうする？」と言われた。私が「お父さんはどうしてるの？」と聞くと、「もしかしたら結婚して、子どもがいるかもしれないよ」と母は答えた。それを聞いて私は「ふ〜ん。それならどうせ、他人なんでしょ。だったら会わなくていいよ」と言って、会わなかった。そこまで私は、父親がいないことに違和感をもたなかった。

どうして私が、「父親不在」であっても、物足りないと感じなかったのだろうか。これまでの生活を振り返って、母が父性を持ち合わせた性格だったことと、祖父母が母性

を持ち合わせた性格だったからだということがわかってきた。

子どものころ、私の母は常識的にしてはいけないことをすると、父親のごとく「いけない！」「やめなさい！」と制したり、ときには、身体をたたいたりして、一喝された時もあった。そのあとで、なぜ、叱ったのかを説明して、子どもが納得するような叱り方をしていた。

祖父は、定期的に聖路加国際病院に通院していた。通院の帰りには、わざわざ銀座三越まで行って、私が好きな冷奴を買ってきてくれた。

「旦の大好きな冷奴、買ってきたぞ」と言いながら、私がおいしそうに冷奴を食べているところを見るのが好きだったようだ。悪いことをしたら叱る母と対照的に、祖父母は無条件に甘えさせてくれた。

結局、「父滅」という環境でも、社会に適応できる人とできない人がいるというのは、子ども時代に父親や母親と同じ役割の大人と出会えるかどうかで決まるのかもしれない。

コラム　エッセイの舞台裏

2020年8月の課題本は、精神科医・樺沢紫苑先生の『父滅の刃』だった。樺沢先生のベストセラー『学びを結果に変えるアウトプット大全』を読み、勉強の仕方が変わった私は、父性や父親というテーマではなく、作家自身からインスパイアされてエッセイを書いた。提出してから「あっ！　間違えたかも」と気づいたが、書き直す時間もなかったので、再提出はせず、結局ブログアップまでは至らなかった。

「父」のほうにピンときていれば、父のことがダイキライだったこと、大人になって和解したことなど、いろいろ書くことあったのにな。でもまたいつか、その題材で書くこともあると思う。

自分の好きなテーマだけに偏らず、繰り返し書く中で、毎回気づきと刺激を受ける。今回のような明らかな間違いも、寛容に受け止めてくれる。だからまた「書こう！」と思える。それがふみサロのいいところ。

（朝日）

第6章　『ツレうつ』エッセイ

未来は変えられる

大森奈津子

２０１９年９月、私は心療内科を訪れていた。「先生、私、鬱ですか？」「いえ、違うと思いますね。出すお薬もありません」。そんな……その時点で私は悩みで自律神経が乱れ、救急車に６回乗っていた。鬱病の人から反感をもたれるかもしれないが、できれば鬱と診断して欲しかった、できれば薬で治ると言って欲しかった。私は精神科医ではないので悩みと鬱病の違いがよくわからない。まさか病院に来てさらに追い討ちをかけられるとは。だから自分で心を治す方法を探すしかなかった。

私は、今悩んでいる人に伝えたい。未来は変えられると。

私はパーキンソン病で、天職と思っていた教員という職を２０１４年３月に辞職した。難病の告知。もともと子どもと走れなくなったら辞めると自分で決めていたので、納得した退職のはずだった。でも、本当は続けたかった。私は心の大きな穴に蓋をし続けた。すると、私に向ける家族のちょっとした表情やネガティブな表現が心の穴の中にどんどん溜まっていった。そして疑心暗鬼から人間関係も悪くなり、負のスパイラルにどんどんハマっていくことに。

自分では一生懸命やっている、なのになんで？　それが頭から離れない、寝ている間も。どうすれば抜け出せる？　こんな人生は私の望んでいる人生じゃない！　なんとかしなきゃ！

私が試したことは安全安心な場所、心を落ち着かせる場所を確保すること。ネガティブな情報は一切切り離し、寝ている間も潜在意識に働きかけるつもりでポジティブな情報を浴びるほど注入すること。あらゆる心理学的な本やメソッドを試し、自分に合ったものは続けること。

そういったことを試し続けて1年後の今、やっと少し笑えるようになった。

もしあなたが悩んでいるなら、私のように苦しみのスパイラルにハマってしまう前に、なんらかの手を打って下さい。そして、未来は書き換えられると信じて前に進んで下さい。

私のように苦しまないでほしい……。

誰もあなたを気にしていない

今村公俊

今勤めている職場では、ほとんどストレスを感じることなく仕事をさせてもらっている。とても恵まれた環境といえる。だが、ここに来るまで順風満帆だったわけではない。四十にして惑わず、といわれるが、厄年といわれる42歳あたりから何かと災厄に遭いやすかった。バイク事故の加害者に、心ならずもなってしまったのもこの頃で、人生で最も落ち込んだ時だった。

事故を起こしたのは仕事へ向かう途中で、憂鬱だった気持ちが大いに影響していた。この頃勤めていた職場はピリピリムードで本当に働きにくかった。自分の仕事のミスを指摘されて、社長に面と向かって「頭がおかしいんじゃないか」と言われたこともある。頭がおかしいのはどっちだ？　でも改めて、冷静に振り返ると、全社員の生活が社長の経営如何にかかっているわけだから、気が狂いそうになるのも無理からぬこと。今では同情できる。

その後、別の職場では、周りに不機嫌を撒き散らす同僚がいて、これまたやりにくいこと、このうえなかった。いつもその人の顔色を窺わないといけない。一度、自分のミスに対して大声で怒鳴り散らされてびっくりしたことがある。この人はとても仕事のスキルのある人なのに、自分はいつ辞めさせられるのかと、いつもビクビクしていた。怒鳴ってしまったのはその不安な気持ちの裏返しだったのだと、これもまた今は理解できる。とにかくこのように人を憂鬱にさせる環境からは逃げるに限る。このようなことが繰り返し起きて、しまいには周りの目を窺うのにほとほと疲れてしまった。

いずれの職場も辞めるのに随分悩んだが、心が壊れてしまっては元も子もない。それでは何の為の仕事かわからなくなる。中には立場上、また性格上、なかなか逃げられない人もいるだろう。それはとても勇気のいる事だから。

けれど、自分は気づいた。自分がどんなに憂鬱になっていても、誰も気に留める様子はない。自分が思っているほど、周りは自分のことなど、それほど気にしていないのである。みんな自分のことで精一杯で、他人に気を配る余裕などないからだ。仮にそうではないとしても、そう思い込むことで心が軽くなることもある。それならば人の顔色を窺う必要などない。今もどこかの職場で人間関係に悩んでいる人たちには、そう語りかけたい。

ウツにとって会社を辞めるのはいけないこと?

南由佳

現在3歳から13歳までの4人の子育てをしている。メンタルの落ち込みがある時に環境を変えるのは、最善の方法だと思い込んでいた私にとっては、この本に書かれていることは驚きの内容だった。理由は「会社を辞めたい」と言って実行した人は、次に「離婚したい」「親子の縁を切りたい」などと言い出して、さらには「この場所から逃げたい」と行動し、最後に自殺企図にまでエスカレートしてしまうから……。これらのツレのつぶやきを読んで、思い出したことがある。

私自身が21歳の頃に母が突然のうつ病を発症したことである。祖父が高齢でのガン手術により一次的な認知症になり、長女である母のことを妻と勘違いして暴言を吐くようになった。祖父に対して精神的に疲れてきてしまった母の元に、さらに未婚の妹の妊娠、父のリストラ、とトラブルが押し寄せた。責任感の強い母は、娘として妻として母として、全ての責任を負うことに疲れ、自分の人生を自分で辞めると言って包丁を持ち出し、自分自身を傷つけようとした。

当時一人暮らしだった私は、自分達ではどうすることもできないという父と妹からのSOSで、地元和歌山に帰り家族会議を行う。しかし、そこでも自分自身の気持ちの整理がつかなかった母は自分を傷つけようとする行動が止まらず、救急車で当時通っていた精神科へ搬送された。

さすがに事の重大さに気づいた母は、全ての役割からの解放を申し出る。うつ病の薬を飲むと体に力が入らず、怠惰になる様子を誰にも見られたくないし、ご飯を食べる、風呂に入るという生活行動を自分のペースでやらせて欲しい、将来夫婦で仲良く暮らしたいから、今は一緒にいるべきではないと思う。だから1年間は電話もメールも面会も遠慮して欲しいと、自分自身でマンションを契約し、探さないで欲しいと家族に伝え、誰にもわからないところで一人暮らしを始めた。そして本当に1年後に、止めることができないといわれている薬を断ち、自分自身を傷つけることもなく、実家に戻った母。

うつ病の人には稀な出来事かもしれない。仕事を辞め、妻・母・娘という役割を手放して、ただ毎日を生きていた母の気持ちは私には到底理解できない世界。けれど、辞めること、環境を変えることは一般的にいわれるように悪いことではないかもしれないと、20年前に薬に頼らず自力でうつ病を克服した母が、今では7人の孫のおばあちゃんでいてくれる姿をみて感じる。

問題を持つ家族の世話や介護を担っている子どもたち

咲田栞里

あるニュースを目にした。コロナ禍の緊急事態宣言中、学校が休校になっているときのことである。難病を抱えている父親の介護を、高校2年生の娘に行政が要請したという内容のニュースであった。その時私は初めて「ヤングケアラー」という言葉を耳にした。ヤングケアラーとは、家族の介護を担う18歳未満の子どものことである。

私は、誰とも血のつながりのない家庭で育った。養父母が子どもに恵まれず、私を施設から養子として迎えたのだ。私がまだ幼い頃は、私たちは幸せな家族として生活を送っていた。しかし、私が小学校高学年になったある日、学校から帰宅すると勝手口からガシャン！　ガシャン！　という大きな物音が聞こえてきた。

「ただいま」と言って勝手口を開けると、養母が一点を見つめて勝手口の床にお皿を投げつけているのが見えた。この時私は、養母が「壊れた」と子どもながらに感じた。それは、抑圧されていた養母の心が表面化した瞬間であった。その日を境に養母はどんどん容態が悪くなり、急にイライラして包丁を投げたり、「殺して」と叫びながら号泣したりするようになった。子どもの私には、何が起きているのか全く分からなかった。

それからというものは、勉強よりも家事が私の生活の中心となっていった。学校の先生にも友達にも相談できず、ただただ何事もなく一日が過ぎるのを願うばかりの毎日である。

今思うと、私もその時はヤングケアラーだったのである。誰かに自分の抱えている気持ちを話せていたら、少しは状況が違っていたのかもしれない。

私は、両親にお世話になったので恩返しのつもりで家事をこなすし、それが当たり前のことになっていた。そのような思いが、ヤングケアラーを潜在化させるのかもしれない。現在の日本では、高校生の約24人に一人がヤングケアラーであると言われている。

私は彼らの思いや感情を知る経験者として、また、子どもたちの支援に携わるものとして、ヤングケアラーの子どもたちの困難さや頑張りを理解して認めてあげたい。そして何より、そういった子どもたちを積極的に発見し、手を差し伸べていきたいと思う。

産後うつの予防法

朝日陽子

あのころ私はおかしかった。今から25年前、結婚を機にそれまで住んでいた神奈川県を離れ、大阪へ。1年後、長女が生まれた。まわりに友だちもいない。親戚は一人だけいたが、それまでほとんど会ったことがなく、気軽に遊びに行くなんてことはできなかった。

遠方に住む友だちに毎日手紙を書いた。本当に毎日。それも今考えたらおかしいとわかる。長女が1歳7か月児健診でひっかかった。年子で次女を産み、その世話に追われ、長女をかまうことは少なくなっていた。「健診にひっかかったのは私のせいだ」と布団に突っ伏して泣いた。その晩帰宅した夫に話したら、「大丈夫！　ひーちゃんはちゃんと育っている」。そのひと言に救われた。そんな不安定な精神状態の中、長女が2歳の頃、近所の方が子育てサークルに誘ってくれた。迷わず入会し子育てする仲間ができて、うつ状態から解放されることになった。

ある調査によると、産後「強い不安や孤独を感じる」という女性は7割。産後うつの発症はその他のうつの5倍だそうだ。妊産婦の死亡の原因のトップが自殺で、産後に亡くなられる方が多い。ではなぜ産後にうつ状態に陥るのか？　胎児を育むエストロゲンという女性ホルモンが、妊娠から出産にかけて分泌量が増えるが、出産を境に急減する。すると母親の脳では神経細胞の働き方が変化し、不安や孤独を感じやすくなる。産後母親が精神的に不安定になるというのは、体のしくみとして当然のことなのだ。

近くに話を聞いてくれる人、寄り添ってくれる人がいればいいが、今は核家族が増え、一番頼りたい実家の親が近くにいないことも多い。子育て中の母親を一人にしない、させない仕組みづくり。私の経験からもそれを妊娠期から作る施策が必要と感じる。

「かつての私のようにしんどい子育てをしている母親を救いたい！」

そんな想いで11年前、仲間とともに子育て支援のNPO法人を立ち上げた。一人じゃないよ！　大丈夫！　一緒に子育てしよう！

強制終了

瓶子かずみ

西暦2006年10月23日とある駅にて。
私「……私、壊れる……壊れる……」
夫「俺、今日の午前中は会議があって休めないけど、午後は絶対半休取るからそれまで耐えてくれ!!」——ブチンッ。私の電源が強制的に切られた。

——ブチンッ。私の電源が強制的に入れられた。すでに12月になっていた。しかし、それまで自分がどんな生活をしていたかなんて全くわからない。今生きている事に、人間の生存本能にただただ感心していた。

そんな私に、久々に夫が話しかけてきた。
夫「奥さん、ちょっと今から散歩に出かけない?」
私「イヤ、デタクナイ……」
夫「まぁまぁ、そう言わずに」

夫は強引に私に服を着せ外に連れ出す。久々の外は寒くはあるけれど、日差しが優しく空気も心地よく……など全くなく、動悸《どうき》と眩暈《めまい》がし、夫と手をつなぎながら歩いた。この様子を見たら夫はすぐに家に引き返してくれると思いきや、「とりあえず、近くのカフェまで歩こう」……頑なに散歩を敢行しやがった(怒)。近くの喫茶店といっても1キロ位はある。何とか喫茶店に辿り着き、2人分のケーキセットを頼んでくれた。私は食べる気力もなく、机に突っ伏して動けなかった。夫は2人分のケーキセットを堪能し、私にこう言い放った。「さ、帰ろうか……」。私のこの状態をみても「歩け」と言いました？　パニックで呼吸がしにくい！

帰りは地獄だった。動悸・眩暈そして過呼吸になって夫に支えてもらわないと歩けない。行きには気づかなかったが、オシャレな外観をしたカフェがあったので休みたいから寄って欲しいと頼んで入ったそこは……床屋さんだった。しかも私が初来客だというので断ることも出来ず、顔を剃ってもらった。以降、夫婦してこの床屋さんにお世話になっている。

やっと家に帰り事の顛末の理由を聞いたら、夫は一冊の本を私に渡してきた。

……『ツレがうつになりまして。』。
私「コレガナニ？」
夫「うつ病になったツレさんはこの時期には家事全般やっているのにうちの（？）奥さんは寝てばかりだから、サボりたいから寝ているのだと思って……（汗）」
私は一言、「ワタシハ ツレサンデハ ナイヨ」そう言い放ち、聖域であるベッドへ向かう。――ブチンッ。私の電源を強制的に切った。

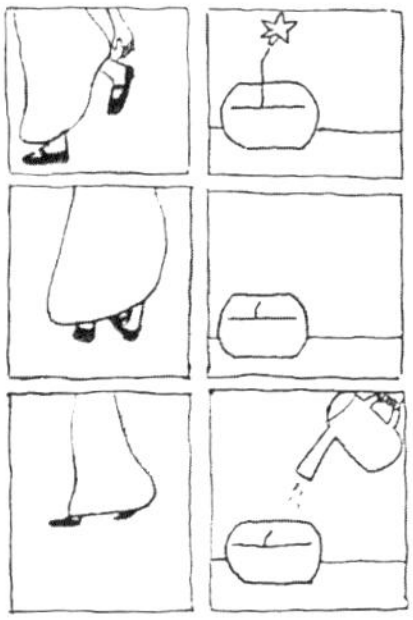

心だけぎゅっと強く抱きしめて

kokko

人生の夏休み（心が傷ついて回復を待つとき）には、宿題や新学期のことなんて忘れて、心が回復するまでのんびりボーっとするのが一番。あせったり、くらべたり、回復しきらないうちに元の世界に戻ろうと頑張っちゃダメなんだろうね。

頑張り屋で、いつも全力で学校生活を楽しんでいた長男が、小学5年の学校宿泊行事の最中にとてもつらい目にあい、そこからしばらくは親子で暗いトンネルに迷い込んでしまったような時期を過ごした。埒《らち》が明かない学校との話し合い。何も解決しない問題。日に日に心を病んでいく我が子。神様、これはなんの罰ですか。そう思わずにはいられない日々。大好きだったはずの学校、大好きだった先生、仲良かった友達、信じていた人たちが信じられなくなって。そしてそんな自分を受け入れられない長男。頑張って登校した日は、学校で耐えたストレスからか家で泣いて暴れて家出して……少し良くなったかと思うと、もっと悪くなりを何度も何度も繰り返し。いつになったらこのトンネルから抜け出せるんだろう。光が見えるんだろう。前みたいにあの子が笑いながら楽しく学校に通ってくれる日はくるのかな。

そう悩んだ毎日。あの数年間は、長男の心を強くするための貴重な夏休みだったのだと、今はよくわかる。学校に行け。勉強わからなくなるよ。このままじゃダメだ。なんて、やいやい言わないで、ぐっと耐えて見守るのはなかなかきつかったけど。トンネルを完全に抜けるまで、心だけぎゅっと強く抱きしめて時々その手もそっと握りしめて、ただただ横にいた。

中学2年の夏休み中に突然トンネルを抜けた。幼い頃から海が好きだった長男を連れて行った海洋高校の進学説明会。子どもたちだけが、遠洋航海実習でホノルル沖まで行くという船に乗せてもらえる。親は港で見送り数時間後に子どもたちが戻ってくるのを待つ。あの日実習船から降りてきた彼の顔を見て確信した。夏休みが終わった。「この高校に行く。あの船に乗ってハワイに行く。船乗りになる！」明るい光の中に戻っていった我が子のあの時の表情を、私は忘れられない。あれから本当にたくましくなった。その後海洋高校に入学。昔のような笑顔で高校生活を満喫して卒業した。船の世界は厳しい。一度航海に出たら数か月帰ってこない。しっかり心が回復すると、前よりもその傷ついていた部分は強くなる。

今では嵐が来ても、へっちゃらな海の男に育ったよ。

親になる

かわいはなこう

私は長年苦しんできたことがあった。随分前のことだが、車の給油口の外扉を壊し修理に出した。修理の人は、この部分が壊れるのは珍しいのか、不思議そうに首をかしげて調べていた。私が何回、いや、何十回も繰り返し扉が閉まっているか確認して壊したのである。ふたや外扉が開いていてガソリンが漏れて爆発して人に迷惑かけたらどうしようという思いが頭から離れないのだ。これだけではない。鍵やガスの元栓の閉めわすれが気になり外出できないこともあった。確認作業全般が苦しいのだ。私は迷惑をかけるのが怖かった。

最近になってわかったのだが、強迫性障がいというものらしい（病院に行っていないので症状から判断して）。自分の意思に反して不安が襲う強迫観念と、それを打ち消すため無意味な行為をくり返す強迫行為がある。過度のストレスにより脳内の神経伝達物質の異常によって起こり、成人40人に一人の割合で見られる案外身近なものである。

実は主人は少し奇妙な性格で、楽天的なのに潔癖症でこだわりが強い。自分が気持ちよく過ごせるためなら努力をおしまない、それが家族に迷惑をかけたとしても。次第に子どもや私自身の相談もしなくなり、彼の潔癖症とこだわりを見ないように距離をおいていった。

ある時、子どもが汚れるのも子どもに汚されるのも嫌な彼が、砂場で砂だらけで子どもと遊んでいる姿を見た。滑り台も汚れを落としてから滑らせていた彼が！

この頃私も曝露反応妨害法というやり方で症状が軽くなってきていた。あえて不安に身をさらし、改善させる認知行動療法の技法だ。私はこのやり方が、どれだけ苦しいものか知っている。彼も家族の為に闘っていたのだ。今なら彼の潔癖症やこだわりが、彼のものがきから生まれたものと想像できるし、楽観的でいることでバランスをとっていたのかもと受け入れられる。

外側の行動や癖の裏の部分を想像することで、心は近くなるのではないか。

「寄り添う」の大切さとは！

阿部勇二

寄り添いが羨ましくて、涙腺が緩みました。病気になった時、誰かに寄り添ってもらえるか不安です。家内も子どももいるのに。

週末になると、小さな子どもたちに色々な経験をしてもらいたくて、色々な所へ連れて行ってあげました。最近、家内に、「子どもは行きたくないところに無理やり連れ回されて、嫌だったみたい」と言われて、とてもショックでした。相手の気持ちを理解できなかったこと、寄り添い方がわからなかったこと、自己否定モード一直線です。

年金の少ない高齢者の多くは、親族や家族に迷惑をかけたくないという理由で、1人でほそぼそと暮らしているそうです。ちょっと恐ろしい現実に、色々と考えてしまいます。自分は、そうなりたくないという思いで、一生懸命に働いていた部分があります。これが、家族になにか影響を与えていなければいいのですが。

世の中は、ある意味豊かになりましたが、誰かをサポートする豊かさは減ってきているように思います。自分のことで精一杯？　やりたいことがたくさんあるから？　個性を大切にしているから？

私は、高校生徒会、大学生協、障がい者支援、ガールスカウトなど色々なボランティア団体に参加してきました。その時、リーダー的な存在の人が言っていたことが、今でも、記憶に残っています。「子どもの頃にボランティアをしたことがない人は、大人になった時、ボランティアを理解できない」。子どもの頃の誰かとの関わりで、「寄り添う」ことの意味が変わるのは、恐ろしいことです。自分も「寄り添う」ことに希薄かもしれません。だから、本物の寄り添いを見ると、刺激を受けるのでしょう。『その後のツレがうつになりまして。』は、うつという病気の情報をシェアするだけでなく、大切な「寄り添う」の意味を教えてくれました。今日も、子どもたちと買い物に行き、楽しい時を過ごすことが出来ました。まだまだ、何かをしてやれそうですので、諦めず頑張ろうと思います。

夫がうつになって伝えあえたこと

中村美香

私の夫もうつになったことがある。『ツレがうつになりまして。』を読んでその話を書こうと思ったら、もう曖昧な記憶しかないことに気がついた。引っ張り出したメモから、11歳の息子が2歳の時のことだと思い出せた。

断片的に覚えていることもある。ある日、夫が布団の中で号泣していたこと。息子を私の両親に預けて、一緒に心療内科に行ったこと。うつ状態と言われて会社を休職した翌日の、穏やかだけど寂しそうな夫の横顔。

家族がうつになったら「温かい無関心」が大切だと聞いて、なるべく普段と変わらず、私はご機嫌に過ごそうとしていたっけ。

3か月経って復職したのに、給湯室の水道の水が流しっぱなしだったことが原因で「まだ良くなっていない」と判断され、もう3か月休職が延びたことは意外にキツかったな。

その休職も解け、いよいよ職場に復帰した頃だったか、夫に手紙をもらった。

水色の封筒と便箋に丁寧に書かれた文字が並んでいた。そこには、結婚して息子も生まれて幸せだということが書かれていて、うつになってしまって申し訳ないと書いてあった。そして、思いがけない言葉「生きていて存在していてくれてありがとう」とも。

人は、何の成果も出せなくても、何か行動を起こさなくても、ただ存在しているだけで価値がある。そう聞く。けれど、現代社会の中で、そうだ、その通りだと思い、うかうかしていると取り残される気がしてしまう。けれども、夫がそう思ってくれているんだ、と思うと力が湧いてくる。

夫がうつ病になって、うろたえた私は、毎日の挨拶とたわいない会話だけをして、夫の自由時間を黙って見守っていることしかできなかったけれど、そのことが、「あなたはそのままここにいていい」というメッセージになっていたとしたらいいな。

何かを成し遂げること、行動することは素晴らしい。しかしその前提は、ここに存在していること、なのだ。

OPTION B

羽木桂子

納得出来ない事があると、私の脳内では「What's wrong with that?（それの何がいけないの）」というフレーズがこだまする。家族にもよく言っているので、娘には少々、ウザがられている。今はフリーランスをしている私も、以前は会社員として、何度かの転職、産休育休を経て、かれこれ20年くらい働いていた。その間、日本人はマジメに働きすぎなんじゃないかと、ずっと疑問を感じていた。旅行会社では、繁忙期は毎日終電まで仕事。休みの日に遊んでいても、仕事が気になる。体調を崩したり、鬱病になった社員もいた。上司は「定時で終わる仕事なんか、だいたいつまんない仕事だろ？」と言っていた。「旅行の仕事は面白いだろ？　残業なんかしょうがない」と。分からないでもない、でも。面白い仕事をして、定時で仕事を終えてはいけないのか？　What's wrong with that？そう思っていた。

閉塞感。選択の自由がないのだ。ずっと仕事をしていたい人はそうすれば良い。定時で仕事を終えて、自分や友人・家族との時間が欲しいなら、それでも良いはず。仕事は、人生は、一択ではないはずだ。輸入会社で欧州の人たちと仕事をするうちに、これは理想的な働き方だと感じた。夏は数週間休み、残業はあまりしない。それでも仕事は回るのだ。娘が社会人になるまでに、もう少し優しい社会になればと願っている。マジメなのは日本人の素晴らしい性質ではあるが、日本で育ち、日本の会社しか知らないとキツイ。別の選択肢、OPTION Bも与えてあげたい。そのために親子留学を考えた。

今はコロナで待機中なので、娘は国内のインターナショナルスクールへ転校した。公立校と違い先生とメールで連絡が出来るので、気軽にメールをくださいと言われているが、平日16時半以降と週末はメールを確認しないそうだ。それで何の問題もない。娘が「クラスに日本人の男の子だけど、髪が長い子がいる」というので「男の子だから髪が長いのはダメって訳でもないしね。What's wrong with that?」と言ったら「確かにね」と、娘なりに考えていた。仕事も、時間の使い方も、髪型も、それ以外でも、何だって、こうすべきと考えてしまうと苦しくなってしまう。

誰にだって、OPTION Bがあっていいはずだ。

コラム　エッセイの舞台裏

ふみサロで翌月の課題本が発表されるのは、当月の合評会が始まる前。私はこの時に閃《ひらめ》けば、だいたいそれをモチーフにしている。2020年9月の課題本は『ツレがうつになりまして。』……まったく閃かない。本を読んでもまったく閃かない。過去を紐解き、あ～そういえばあの時はうつっぽかったな……ということで、長女が生まれたときの産後の話を書いた。

その後、皆さんの作品を読ませていただく。「あ～、うつってこんな感じなのか」「これはしんどいだろうな」「この経験があってこその今なんだ」。ぶっちゃけ「こんなに書いていいの？」とこちらが心配になるぐらいの自己開示。毎月毎月、これだけたくさんの体験談、価値観や考えに触れられる機会は、そうそうない。

たくさん人と出会って話を聴いたり、たくさん本を読めば、多様な価値観に触れることもできるだろう。でも、ふみサロでは、その労力と時間を使わずに済む。さらに文章も書けるようになるという……めっちゃお得なサロンです。

（朝日）

第7章　エッセイを書くと、なぜ人生が分かるのか？

ささやかな自分の〝大好き〟で、もっともっとハッピーになりたい！

（寄り添い・成長・大好き）

阿部勇二

やっぱり、一人では寂しいですよね。誰かと関わって、自分の知っていることが、誰かのためになれば幸せだと思いませんか？

普段の生活では、前を走っている人ばかり気にしています。自分の後ろを走っている人は、もしかすると自分のささやかな大好きな知識、経験、スキルを必要としているかもしれません。それを、シェアするだけで、誰かが喜んだり、感謝されたりします！

ちょっとしたことでも「凄い」と言われると誰もが気持ちがいいと思います。自分の知識、経験、スキルを「凄い」と言われたとしたら、それが自分の得意技です。誰でも、ことの大小がありますが、きっと輝く何かがあります。

心理学トレーナーに教えられたことですが、自分の経験や知識をシェアしたり、活用したりすることで、社会貢献となり、それが自分にフィードバックされ自己成長をもたらすそうです。自分の知識やスキルを誰かとシェアするだけで、自己成長と社会貢献のループが発生する。そう考えると、ドキドキします。その心理学トレーナーに、「SN

Sで、自己成長と社会貢献を回しているね！」と言われたのは、とても嬉しかったです。
SNSやブログで、自分の持っているものをアウトプットしています。それによって、読者から質問が寄せられたり、仲間が出来たりと色々な化学反応が起きています。いつの間にか、一人で楽しんでいたことを、誰かと楽しめるようになりました。そして、知らない人との交流で、自分が知らないことを知ったりしました。また、仲間から、新しいアイデアや知識を教えてもらえ、自分のスキルがパワーアップしています。

IT技術の進歩により、失ったコミュニケーションもあると思いますが、今まで出来なかったことが、たくさん出来るようになったと思います。紙ベースでは、伝えられる人が限られていますが、SNSやブログを使えば、たくさんの人に届けることが出来ます。逆に、こちらから、知りたい情報を探すのも簡単です。便利な時代の波にのり、自分の「大好き」を表現して、たくさんの人と関わりながら、生きていきたいですね！文字や画像などで、多くの人と関わりを持って、コミュニケーションが活性化するなんて、素敵です。これからも、大したことでないからという理由で、自分の知識を出し惜しみしないで、自分と自分の後ろを走っている人が、ともにもっともっと、ハッピーになれるように役立てたいです！

私は生まれ変わろうとしている（気づく・感情・探求）

中村美香

幼いときの私は「今どうするべきか？」ということに対するアンテナが高く「正解」を常に探していた。完璧というわけにはいかなかったが、そこそこの「正解率」を誇り、中学卒業までは、そつなく物事をこなしていた。

しかし、息切れしてしまった私の、高校からの成績はあまりよくなかった。大学受験にも失敗し、あまり行きたくもない短大へ行くことになった。心理学が好きだったのに、少しばかり偏差値が高い英語科を選んでしまった。

かろうじて受講できた一般教養「心理学」の授業で「アイデンティティの確立」について学んだ。アイデンティティとは「これぞ自分だ！」という感覚。だが、そこで私は「どう生きるのか探究を行っていない状態のまま、社会活動をしている」状態の「早期完了」なのではないかと、自分を疑った。

そこからいきなり「自分とは何か」と問い始めた私は「青年がアイデンティティを形成するまでに社会が猶予する期間」といわれる「モラトリアム」になり、「早期完了」

で一応得た立場と、迷いとを、ずっと行ったり来たりしていた気がするのだ。

とはいえ、その後、とある銀行に内定をもらい、むしろ誇らしく入行した。その一方、これでいいのか？　という迷いもあった。けれども、忙しく過ぎる日々の中で、目の前の課題をこなすことに力は注がれた。幸か不幸か、銀行には「正解」のマニュアルもあり、それに安住をしていたともいえる。

世界には「正解」がないのかもしれないと気づいたのは、息子を産んでからだった。しかし「正解」を探す癖はなかなか抜けず、今でも、つい、外側に答えを求めてしまう。

ここ数年でようやく、それじゃいけない、自分の中に答えを見つけようと思い始めた。自己探究がライフワークになった。考えるのではなく、感じよう。少しずつだが、感情を味わい、それにもとづいて行動することに近づいてきている。

まだ、道のりは果てしないが、私は生まれ変わろうとしている。

全ては良い方向に変わっていくためのきっかけなのかもしれない

（変化・寛容・調和）

伊藤よしき

まず最初に、肉が食べられなくなった。大学の同期の結婚式に参加した時だ。今でも鮮明に覚えている。ファーストバイトで2人が共にカットしたのは、まるごとの肉の塊だった。分厚いステーキが、全ての客に供された。祝いの席では、（ましてや2人の初めての共同作業！）残せない雰囲気だった。味は覚えていない。

臨界点というのだと思う。何かがパチンと終わりを告げた気がした。それが私が肉を食べた最後の日だった。そこから順に、魚、卵も身体が受け付けなくなり、結婚式からひと月経たずに私は強制的にストイックなベジタリアンになった。人生で一番の変化だった。

私は根っからの食いしん坊で、元女板前で、日本料理教室を10年主宰してきた。食べられないのは、職業柄心底困った。これは人生で一番つらい出来事だった。アレルギーがある方の気持ちがこの時ようやく分かった。

2か月ほどメソメソ過ごした。何をやっても気力が湧いてこない、何も食べたくない。

こんなこと初めてだった。大失恋をしても、泣きながら大盛りの鰻丼をガッガッ食べられるほど、そのあたりの神経は極太だった。そんな私が、もう鰻丼も食べられないのだ……。

途方に暮れていたある日、ローフード（自然食）に出会った。そこから、華やかで美味しそうなローフードの世界にのめり込んだ。「これなら、私でも食べられる!!」とローフードを一から真剣に学び、日々の生活に取り入れるうちに、今までの筋金入りの体調不良がみるみるうちに改善されていった。怖いくらいだった。あの結婚式の日以来、死なないように生きて来たあの日々は一体なんだったのだろう？　と。もしかしたら、動物性食品を身体が拒絶したのは、私を生かすためだったのかもしれない。その考えに辿り着いた時、自分の心が変わってしまった身体を受け入れた瞬間を、私は確かに感じた。

私のように未病状態の体調不良で困っている人に寄り添いたいという気持ちで、一般社団法人「日本菜食キッチンヒーラー協会」を設立した。現在は、毎日多くの方のカウンセリングをさせていただいている。

鰻丼はもう食べられない。しかし、もう私はあのどんよりした身体に戻る日は来ない。それだけを見れば、悪いことに思えても、全ては、良い方向に変わっていくためのきっかけなのかもしれない。そうやって様々な環境や人々と調和的に生きていけるように、気付かせてもらっているのではないか。ようやくそう思えるようになったのだ。

家事ならひとまずそこに残して、朝のカフェでひとりになろう

（果断・優越・本音）

みやけちあき

平日、娘が登校したあとのひとりの家が私は怖い。なぜならそこは、私にとって、主婦の使命が勝ちすぎる場所だから。流しに残された食器、目につく床のちり、ミシンで縫いかけのマスク……たとえ急ぎでなくても、見ないふりできない主婦の使命は、家のそこかしこに満ちていて、うっかりからめとられると、たちまち個人としての使命を、私は忘れる。

平日の朝のひとりの家に私は怯える。うっかり長居をせぬように、家事ならひとまずそこに残して、私は朝の家を出たい。ショルダーバッグに詰めるのはノートと筆記具、そのほか自分にとっての課題。そしてとにかくどこかへ、個人の使命の勝つ場所を目指す。

私は、勤め人でも学生でもないけれど、電車の定期券を持っている。娘が登校したあ

とで、最寄りの駅から京都まで、私は朝のラッシュにもまれる。それぞれに確かな肩書きをもつ人たちの中にいて、主婦の私は不確定。人から見たら得体の知れない異物であるはず。

平日の朝に私が向かう先は、カフェ。そこで私がしていることは、主婦に必要な3つのR。「Reset（リセット）」「Recharge（リチャージ）」「Renewal（リニューアル）」。

平日の朝のカフェには主婦がいない。その時間、規格内の主婦たちは家事にかまけて忙しい。私も昔はそうだった。けれど今、規格を外れた主婦の私は、この時間、100%自分にかまける。平日の朝のカフェで、ひとり無口に主婦の私は、何度も自己を再生させる。

そうすると決めてひとりでここへ来た。ここでなら主婦と名のつく上着をぬいで、私は素直な自分に会える。果断して手に入れた優越感に包まれながら。

主婦は自分で何をどこまで決められるだろう？　思い切るのは後ろめたい。人より勝ると思うと醜い。安心な足場を壊せば愛されないと思い込みながら生きてきた。

でも、もうそろそろ、そんなことは止《や》めにして、主婦の規格を一歩出て、人とは違う自分でいたい。平日の朝のカフェに押される背中。

「家事ならひとまずそこに残して、平日の朝のカフェでひとりになろう」。

ひとりのカフェで主婦再生。主婦がひとり無口に孤高の力を究めたら、さあ次はいったいどこへ行けるだろう？

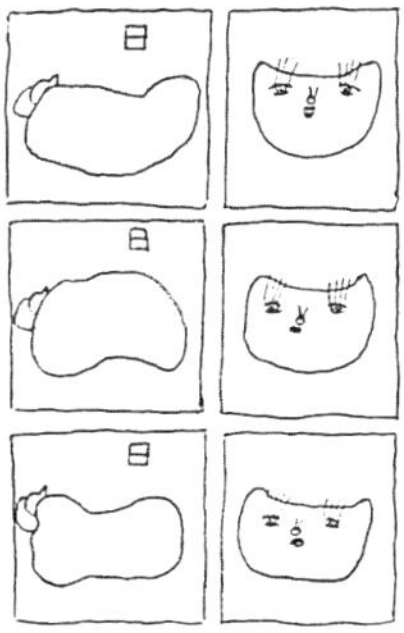

歯磨きするように愛を語る女（愛・勝利・共感）

村上三保子

20代「弱肉強食」が大好きな言葉だった。バブル世代の私はがんばれば成果のでる時代に文字通り歯を食いしばってがんばり、コミッションで贅沢をしていた。常に、勝負には勝つ、絶対にトップをとる！　そんな日々は、ストレス性喘息と十二指腸潰瘍であっけなく終焉《しゅうえん》を迎えてしまう。

そして30代。あるきっかけで「感謝」という言葉に出合う。「感謝」という単語は知っていたが、ギブ&テイク程度のものだった。しかし3泊4日のそのイベントでは、誰もが「感謝」を言葉にし、お互いを称え合い、ギブ&ギブの世界がそこにあった。

居心地が悪かった。そんなきれい事で飯が食える訳がない。お金は後からついてくる？

じゃあ、それまでは何で食えと言うのか？　訳が分からなかった。それでも環境が人間に与える影響は大きく、最終日の朝、涙が溢れた。人生で初めての体験、本当の私は愛と感謝の中で生きたかったのだと、自分の魂に触れるような感覚だった。居心地が悪かったのは、本当の自分に出会う前兆だったのかもしれない。

その日から、私のトレーニングがはじまる。歯が浮きそうになりながら「がんばって」愛と感謝を言葉にするようにした。人は、自分の壁を乗り越えようとする時、必ず「がんばる」という言葉を使う。それは無意識に自分の限界を示唆しているのだ。私はどんな時もがんばって「愛」と「感謝」を伝え、自分本位だった考え方を改め相手に共感するようにがんばった。ぎこちない自分に違和感を抱きながら。

40代後半になり「あなたは愛の人ね」と人から言われるようになる。

そこで「がんばってきたこと」が「がんばりでなくなった」事に気づく。

私は歯磨きをするような身軽さで愛を語る女になった……と思う。まだまだ左手で歯磨きをしているような違和感はあるけれど。がんばれば結果がでる時代は終わり、しなやかにゆるく生きることが生きやすい世の中になった。戦うのをやめて「愛の循環」の中に身を置こうと思う。

私の修業時代（情熱・イマジネーション・感性）

花野井美貴子

「東映」の総務で働いていた当時のこと。

社長の机には必ずドーナツが一つ置いてあった。それが、毎日違った種類と形をしたドーナツなのだ。私はお茶汲みの時に社長のドーナツの種類と形を見るのが楽しかった。また、社員たちの嗜好も感性豊かなマイカップに表れていた。誰一人として同じマイカップを持った人はおらず、マイカップには社員たちの性格までが滲み出ていた。

実は、お茶汲みが苦手だった私は、マイカップを前にしてため息ばかりの毎日だった。お茶を入れるのは嫌ではなかったが、マイカップが誰のものか覚えられないから、お茶汲みが嫌いになった。

そんなとき同じアルバイト仲間の幸子さんは何故か、お茶汲みに苦労していなかった。何でそんなに簡単にマイカップの持ち主がわかるの？　と聞いてみた。

さすが！　文学座の劇団員である。マイカップの絵柄と持ち主を結びつけるように、敢えて共通点を見つけ、イマジネーションしてみるといいらしい。例えば、マイカップの絵柄がオバケのQ太郎の人は、マイカップの持ち主の顔や持ち物などで共通点探しをするという。よく見ると、そのひとの鞄にはキーホルダーがじゃらじゃらついている。オバケのQ太郎＝じゃらじゃらと覚えておけば、まずはお茶汲みの基礎はクリアーできるという。

素晴らしいイマジネーションの持ち主、さすが幸子さんだと頭が下がる思いだ。

日々、私のお茶汲みは苦労の連続だったが、お茶の入れ方は誰よりも上手になった。

ビジンダーになりたい（冒険・変化・楽しさ）

吉田真理子

「冒険」「変化」「楽しさ」。

この3つが私のキーワード。3つの単語を並べた瞬間にクッキリ出てきたのは、「特撮オタク」が基本である自分ストーリー。まさか50代半ばにして、今さら特撮オタクの自分語りをする羽目になるとは。

恐らく同じ年代なら誰もが見てたであろう子どもの頃のヒーローは、ウルトラマン、仮面ライダー。テレビは一家に1台で、チャンネル選択権は子どもの私にあるはずもなかった。

一人っ子の私の遊び相手は叔父たち、そして近所の男の子たち。わんぱくを通り越して、女の子らしさはカケラもなく、男の子たちをひきつれて、集団行方不明事件（本人たちは、ちょっと離れた大きな公園に行っただけ、なのだが）を起こしたことも一度や二度では済まない。木に登り、塀の上をかけまわり、崖を上り、物置の上から飛び降りる。仲間の中に1歳年上の男の子がいて、お人形さん遊びはその子から教えてもらった。女の子の友達は皆無だったが、何の疑問も不自由もなかった。

小学4年生の時、横浜に転校。担任の先生が優しいおばあちゃん先生で、クラスでは、あやとり、お手玉、リリアン、編み物などが流行っていた。初めて女子の世界に触れ、女子は仮面ライダーやウルトラマンではなく魔法少女シリーズを見るものだと知った（でも興味なし）。

大人になってからも、特撮好きは変わらず。デパ屋子《おく》どもショーに出たり（今風に言うと着ぐるみの〝中の人〟?）、ご縁あって、ハリウッド映画にも出てるトップレベルのスタントマンに師事できたり。いまだにアクション練習は継続中であり、楽しくて仕方ない。本業のフィットネス指導でも、格闘技系レッスンが活かせているので（無理やり?）、私の価値観はずっとブレることなくきてるんだな、と確信。この先も当然、形はどうあれ継続することは間違いない。オタク的冒険人生。悪くないと思う。

未知の扉（感性・未知・独創）

羽木桂子

転職エージェントに、旅行会社から輸入卸会社への転職は珍しい、と言われた。自分の感覚で、その先にキラキラと光る未知なるものを追いかけていったら、こうなっていたという感じなので、意外な気がした。秘境専門の旅行会社に就職した時は、世界の国々へ行ける限り、地の果てまでも、行ってみたかった。「あのきれいな丘を見ていると、なんとかして、あそこまでいってみたいと思ってしまうわね。」（大きな森の小さな家シリーズ⑦『この輝かしい日々』ローラ＝インガルス＝ワイルダー著　こだま ともこ・渡辺南都子訳）。

私も同じだ。なんとかして行ってみたい、と思ってしまうのだ。アジア、アフリカ、南米と、仕事も兼ねているとはいえ、旅行ばかりしていていいのかなと、悩んだ時期もあった。仕事は激務で、みんな少しずつ他の業界へ転職していたからだ。

「お月さまをほしがって泣く子どもみたいなものだ。月を手に入れたとしても、子どもはそれをどうするつもりだろう？」（『風と共に去りぬ』マーガレット・ミッチェル著、大久保康雄・竹内道之助訳）。私は、月をほしがる子どもなのだろうか？　その時は、感性と「自分の記憶の中にしか残らない事よりも、形に残る物にお金を使った方が良いのでは？」という理性が戦っていた。けれども、自分の感情を無視しちゃいけないような気がした。

そのうち、そうやって一つ扉を開けて進んでいくと、また別の扉が目の前に現れるという事に気がついた。自分の心の声を無視していると、その扉は現れない。そんな感覚だ。

周りの友達と一緒にワイワイ過ごすのは好きなのだ。けれども、そのうちにまた別の未知の扉が現れる。目の前のその扉を、開けない人も大勢いるのだけれど、私はどうしても開けて、その向こうにあるものを確かめに行ってしまう。そうして、友達と少しずつ別れてゆく。

輸入卸会社へ転職し、その後はフリーランスで働いている。社内で初めてワーママとして職場復帰した時は大変で、最初の半年程は記憶にない。そんな経験からブログを立ち上げ、同じ境遇のワーママ向けのコーチングや、これまでの職種に関連した仕事に携わっている。ライターとして、コラムも連載中である。

独創的という言葉に惹かれる。独りで新たに創っていくと考えると、大変だなぁと思いつつ、楽しみでもある。最近は、さらにいろんな扉が私の前に現れ、手招いている。笑うしかない状況に陥る事もあるし、不安に駆られる夜もある。けれども、とりあえず進んでみる。今までだって、そうしてきたのだから。

人生を輝かせるミニエッセイ講座

エッセイとは、常日頃考えている事や心の中のつぶやきを、他人に対して分かりやすく表現した文章のことをいいます。価値観がハッキリしていること・他との違いが際立っていること・好き嫌いがはっきりしていること等で、エッセイはより面白くなります。自分だけの感性、自分なりの文体を使って〝自分流〟のフィルターを通して、あくまでも、ありのままの自分の姿を追求してみる。内なる声にひたすら耳を傾け続けることによって、気づけばより深く自分を知ることができるようになっていきます。

自分らしさ全開のエッセイが、仲間に認められ、受け入れられていくことによって、文章に対してだけでなく、自分に対する自信も、どんどん生まれるようになっていきます。生まれた意味を知り、自分らしさが表現できるようになってこそ、これから進んでいきたい道筋も、明確に見えるようになっていきます。

まずは、書いてみること。そして続けること。書き続けることで文章はどんどん、より上手になっていきます。最初から上手い人はいません。あなたが上手に感じる人も、そこに到達するまでには下手な文章をたくさん書いています。しかし、いったん書ける楽しさ、面白さを知るようになれば、これから先の人生が何倍も明るく楽しく、劇的に変わっていくのです。自分らしさを伝えられるような文章が、いつでもどこでも自由に書けるスキルを身につけられれば、人生における一つの武器を手に入れたも同然であると言っても、決して過言ではないでしょう。

全集中「ふみ」の呼吸を会得せよ！

エッセイを最後まで読んでもらうためには「ふみ」の呼吸（文章の〝つなぎ方〟）が、しっかり出来ている事が大切です。読みづらい文章では、最後まで読んでもらう事ができません。

一つ、タイトルには気を使うべし！（平凡すぎると読んでもらえない事も……）
一つ、正論や常識は避けるべし！（言いづらい事を、敢えてテーマに選んでみる）
一つ、長文は減らすべし！（1文は60文字以内とし、接続詞をできるだけ減らす）
一つ、難語は避けるべし！（使う場合は、1文に1つまで。必ず意味を明記する）
一つ、できるだけユーモアのある表現を心がけ、締めの一文を大切にするべし！
エッセイは、読みやすさと、読者メリットを常に意識するようにしましょう！

＊価値観キーワード一覧の中から、自分の価値観に合う言葉を好きなだけピックアップ。
＊そこから最終的に3つの言葉に絞る。
＊選んだ言葉に合致するエピソードを元ネタに決める。
＊伝えたい想いを明確にし、誰に伝えるのか（伝えたいのか）定めてからエッセイを書き始めよう。
＊大事なポイントは、「誰に」「何を」伝えるかが、ハッキリしていることです。

覚醒	集合	援助	魅力	増加	楽しさ
つながり	存在	情熱	一緒	ベスト	
設計	探知	献身	見極め	区別	
エネルギー	啓蒙	優秀	優越	高揚	
授与	偉大	神聖	真正	本物	名誉
連絡	インパクト	創意	創造	指示	
聡明	壮麗	世話	前進	観察	独創
設計	ゲーム	喜び	優勢	卓越	
洗練	統治	反応	規則	得点	感覚
同情	思索	精神	刺激	支援	合成
触れる	勝利	暴露	勝負	共鳴	共感

3つの価値観エッセイに挑戦してみよう

「3つの価値観」キーワード一覧

到達	獲得	熟達	熟練	冒険	変化
自覚	気づく	保証	関連	快楽	統合
美	至福	築く	原因	理解	危険
支配	教育	優美	奨励	努力	寄付
専門	家族	賭け	華々しさ	上品	
イマジネーション			影響	改善	改良
鼓舞	発明	発見	学ぶ	配置	愛
打ち勝つ		認める	完璧	説得	計画
準備	普及	首位	最高	探求	輝き
感性	感情	官能	奉仕	基準	性
編集	味覚	未知	未来	スリル	想像

第8章　エッセイを書くと、なぜ人生が変わるのか？

母親であること、女性であること（気づく・感性・共鳴）

添田衣織

私はバブル時代の人間で、音楽が好き、語学が好き、海外が好きと、ただただ思っていただけだったけれど、全身全霊で子どもを育てることに徹してから多くの気づきを得ることができた。母親として全力で子育てをすることで、この世の中で一番大事なことは「感性」なのではないか、ということにも気づくことができた。

ブルース・リーはこういったそうだ。「考えるな！　感じろ！」。

今の世の中、感性、感じることより考えること、論理的であること、こちらの方向に教育の傾向が偏ってしまっている。学校教育の場が、枠や固定観念に囚われて、自由さを失いがちでもある。感性、感じることでこそ自分を知る、自分の内面をよりよく、わかることができる。頭でっかちで考えているうちは、本当の自分など本当にはわからないものだ。

インドの詩人タゴールはこういったそうだ。「教育とは小鳥のように思いのままにうたえ……」（『あるヨギの自叙伝』パラマハンサ・ヨガナンダ著より）。

子どもの教育も、子どもの内側にあるもの、感性、よいところを引き出すものでなくてはならないと思う。ドイツ語で教育とは「Erziehung」すなわち「引き出す」ことである。よいところを引き出すためにも、もっと自由さや鷹揚さが必要になってくる。我が家は２０１１年の原発事故の「放射能が子どもに危ない」と思い、親子留学に踏み切った。それからちょうど10年で、たくさんの気づきと良きご縁のおかげで本を出版することもできた。親子留学をしている私の価値観が満載の内容『子供と一緒に飛び発とう！　親子留学のすすめ』（みらいパブリッシング）である。私ができることは微力なのだけれど、少しでも世の中を良くすることに貢献できるのなら、やる意味がある。私は、子供教育シンフォニーという屋号でブログを書き、サービスを展開している。シンフォニーとは、交響曲、共鳴を意味する。子どもたち、お母さんたちが、幸せに、元気になれるように、自分の実体験を書くことで、共鳴させたいと思い名づけた。

　シアトル、ケアンズ、ベルリンへと渡り歩いてきた。まだ10歳の小さな息子の手を握りしめ、渡り歩きはじめてから、日々はあれよあれよと過ぎ、息子は大人になった。女性として、私はどこへ進んでいくのか……息子を見守り、家族を見守り、どんなときもサバイバル精神で躍動的なチャレンジをしていく。ラフマニノフの音楽やチョコレートも大好きだけれど、文章を書くことは、自分を表現できる最高の時間である！　私の想いを大いに彩り豊かにしてくれる。すべてを神に委ねるが如く、アンダンテ（歩くような速さ）で、後半の人生を進んでいきたいと思う。

私の大切にしたい3つの価値観（笑顔・信頼・人とのつながり）

大森奈津子

私の大切にしたい3つの価値観、それは「笑顔」「信頼」「人とのつながり」だ。私は、この3つはどうしてもはずせない。なぜこの3つを大事にするようになったのか。それには私がパーキンソン病で退職する前、教員だったということが大きく関わっている。

笑顔……今でも教室での子どもたちの笑顔を忘れない。そこにはたくさんの笑顔があった。私は朝、教室の扉を開ける瞬間が大好きだった。今日はどんな一日になるだろう。今日はどんな笑顔が見られるだろう。子どもたちの前に立つと自然とにやけてしまう。6年生の担任になると、子どもたちがその表情を読み取るようになり、「また先生笑ってるよ！」心の内を見破られた。

人が笑顔でいること、それが絶対はずせない私の価値観。だからこそ、いじめなどは絶対許さない立場で臨んでいた。学校は楽しい場所であって欲しかった。それは今に通じる。人が悲しんだり、苦しんだりする姿は見たくない。人が笑えるのは人が信頼しあって、安心し、安全である環境にあるからで、だからこそ信頼も私には欠かせないものだ。

そして人とのつながり。私は子どもたちによく言った。「どんな長い歴史を振り返っても、どんな広い宇宙を探しても、今ここにこうして揃っているメンバーっていうのは、他にはないんだよ」。だから、人とのつながりを大切にして欲しかった。

きっと忘れてるだろうなぁ。えっ、そんなこと言ってたっけ？　って言われそう。授業も同じ。同じ題材、同じ内容で授業したとしても、授業を受けてる子どもが違うので、どれ一つとっても同じ授業など存在しないのだ。私はかけがえのない一瞬一瞬を生きていた。いや、生きさせてもらっていた。

この数年、教員を辞めたことでそれを忘れかけていた。今、また新たな世界に踏み出すことで、一瞬一瞬を大事に生きたいと思っている。また、３つの価値観、笑顔、信頼、人とのつながりを大切にするために。

中学時代を振り返って〜障がい教育に対する私の思い〜

（統合・教育・支援）

河和旦

私には重度の視覚障がいと肢体不自由の重複障がいがある。視覚障がいの程度は未熟児網膜症により右目は失明、左目にも重度の視力障がいと視野障がいがあり、日常の文字の読み書きには点字を使用している。肢体不自由障がいの程度は脳性麻痺による運動機能障がいがあり、主に左手と左足が動かしづらく、外出時には車椅子を利用し介助者を同伴している。

小学校は筑波大学付属盲学校で視覚障がいを補うための教育を受けながら、地元の普通小学校に通い、障がい者と健常者が対等にコミュニケーションをとるスキルを習得した。中学、高校、大学は一般学校で学んだ。中学2年生のとき、税に関する作文コンクールに応募した作品が、内閣総理大臣賞に選ばれた。私が第一号の内閣総理大臣賞の受賞者だったこともあり、故小渕恵三総理から中学校の校長室にブッチフォンがかかってきたり、玄関に「祝！　内閣総理大臣賞　河和旦君」という立て看板が立てられたりして、学校内ではハデな祝賀ムードになった。と同時に生徒の中で私に対するイジメが起きた。「なんだ！　車椅子の役立たず！」と罵声を浴びせる者、シャーペンや消しゴム、石けん箱を投げつける者などが現れ、身の危険を感じた。そんな私の様子を見ていた小学校時代からの親友が、「河和君、これからもっといじめられるかもしれないけど、気にするな。ぼくたちが河和君のことを守ってあげる！」と声をかけてくれた。それから私の護衛部隊が結成され、私が下校するまで、そっと付き添ってくれた。

私にとっては、中学生時代に統合教育（普通学校で学ぶこと）を経験したことが、人生のプラスになっている。いじめられても、15人程度の健常の支援者が私を守ってくれた。このような経験は特別支援学校（盲学校や養護学校）では経験できない。クラスメイトには健常者がいないうえ、1クラスの生徒数も1～6名と少ないためである。

ただし、私のエッセイに影響を受けたからといって、安易に統合教育を受けることは、おすすめできない。一般の学校では障がいを補う教育（点字や日常生活動作の訓練等）が行われないことも考えられるからだ。本来、障がい者が社会で自立するためには、自分の障がいを克服するための教育やリハビリテーションが受けられることと、障がい者と健常者がともに学ぶ場が必要だと感じる。

人生を変えるきっかけをくれた宿題（成長・変化・喜び）

ｋｏｋｋｏ

小学生の頃なにもできなくてバカで困った子だと思われていた私に、担任の先生が出した宿題。それは「毎日、日記を書いて提出すること」。「この子にもきっとなにかできることがあるはず」。そういう視点で見てもらえたことが、私の人生を確実に変えてくれた。

毎朝、先生に日記を提出する。帰りに戻される日記に、赤いペンで書かれた先生のコメントと花丸。先生からのコメントを読むのが楽しみで、書き続けた毎日。あの時の自分の気持ちは今でもはっきり覚えている。嬉しい時、楽しい時、悲しい時、悔しい時、つらい時……書いて気持ちを外に出す。どう書いたら、どんなコメントがもらえるか、花丸がもらえるか、どこが良く書けていると褒めてもらえるか。読んでもらうために、自分でも読み返す。読み返しながら、この文章を読んだらどんな気持ちになるだろうと想像する。８歳から小学校卒業近くまで書いていた「先生に読んでもらうための日記」から、私自身が知らないうちに学んでいたことは多い。そして、得られたものはとても大きい。他人に読んでもらう前提で自分の体験や気持ちを表に書いて出す。自分を他者目線にして読み返す。それを日記として書き続けることで、自分自身の心の変化や自分の未熟なところや成長しているところに気づくことができる。

それから40年近く経って1冊目の本を出版した時、「驚きました。作家デビューおめでとう。よくぞよくぞと感心するばかりです」との書き出しで始まる嬉しい手紙が先生から届いた。その手紙に「担任している頃から、あなたの文章力には素晴らしいものがありましたが、こういう形で開花するとは……」と書かれていたので、先生は幼い私が書くものになにかを感じてくださっていたのか？　それとも、たまたま日記を書かせてみたらそれが私の性格にはまって、文章が上手になっていったということなのか。

今、育てづらい子を一生懸命育てている方、うまくやれない自分に悩んでいる方、みんなに大丈夫だよって伝えたい。いいところを見つける。信じてじっくり付き合う。それによって人は開花できるのだと、自分で自分を見ていて思う。今だけ、この瞬間だけを見ない。出来ていないところ、悪いところ、ダメなところばかりに焦点をあてない。ほんの少しのきっかけで、未来はいつだっていつからだって明るくしていける。私はそう信じてる。

生きることは学ぶこと（学ぶ・気づき・つながり）

朝日陽子

独身の時、結婚は女性にとって「墓場」だと思っていた。家庭に入れば自分の好きなことができなくなる。そう思っていた。けれど叔母の生き様を見て、考えが変わった。叔母は4人の子どもを育てながら、お弁当屋を切り盛りし「ベンツに乗る」という夢を持っていた。結婚しても自分の夢は追えるんだと叔母から学んだ。

ほどなく私は結婚し、1年後長女が生まれた。結婚を機に関東から大阪へ引っ越してきて、友だちも親しい親戚もなく孤独な子育てで、もがき苦しんでいた。夢なんて考える余裕はなかった。近所のママが子育てサークルに誘ってくれた。迷わず入会した。これが人生の転機となった。

このサークルは「貝塚子育てネットワークの会（以下、子育てネット）」に所属している。子育てネットは公民館の育成団体で、子育て真っ最中の親の学びと仲間づくりの会。主な活動は公民館との共催講座の企画運営、プレイパーク（冒険遊び場）の開催、活動記録誌の発行など。休館日以外は毎日公民館に通っていた。仲間と創り上げる活動は楽しく、この活動にのめり込んでいった。ここでたくさんのことを学んだ。企画する講座で子育てや子どものことを学んだのはもちろんのこと、講座の企画運営、会議の進行、パソコンも覚えた。

子育てネットは子育て中の親の会。子どもが大きくなったらいつかは卒業することになる。その時に私はどう生きるか。当時コンビニでバイトをしていて、仕事は楽しかったが、ずっと続けるのは違うと感じていた。

「子育てネットで学んだことを活かして、子育て支援を仕事にしたい！」。そして、子育てネットで8年ほど一緒に活動してきた仲間とNPO法人を立ち上げることにした。それが11年前。まだまだボランティアの域を脱していないが、少しずつ夢がカタチになってきている。

結婚は墓場だと思っていた私が「子育てして人生が豊かになった！」と思える日が来るなんて、思いもよらなかった。まだまだ人生半ば。これからも学び続けていきたい。

癌《がん》になったからこそわかった喜び（家族・前進・喜び）

咲田栞里

私は、2人の子どもがまだ3歳と1歳という年でシングルマザーとなった。3人での生活はとても新鮮で、毎日が笑いと喜びで満たされている。「子どもを守らなければ」との思いから私自身精神的にも強く、たくましくなった。

しかしその時はまだ、「弱さ」も同時に育まれていたことに気付いていなかったのだ。そのことを実感しなければならない出来事が、38歳の時に訪れた。子どもは17歳と14歳だった。健康診断で、再検査。癌の告知を受けた。その場は気丈に振る舞い、主治医と今後の流れを話し合った。しかし、診察室を出てから家に帰るまでの間の記憶は全くない。生まれて初めて、目の前が真っ暗になることを経験した。

「子どもになんて伝えようか」「私が入院している間、この子たちはどうやって生活したらよいのか」「私が死んだらこの子たちはどうなるのだろう」。そんなことばかりを考える日々が続いた。告知を受けてから2週間後、私は勇気を振り絞って癌であることを子どもたちに伝えた。私の不安をよそに息子は笑顔で一言。「一緒に頑張ろうや。妹のことは俺が見るから気にせんでええよ」。私は初めて、子どもの目の前で泣いた。息子の優しさが、弱くなっていた私の心に染みわたっていく感覚を感じていたのだ。いつの間にか、子どもの方が私よりたくましく成長していること。子どもを支えているつもりが、支えられていたことに気付けたこと。改めて「人は死ぬものだ」と自分自身の生死について見つめなおせたこと。その後、癌は私の前に現れてはいない。

この経験が、現在の私の仕事につながっている。障がいのある方への支援を行ったり、コーチングを通して自分自身を探求して、自分の価値観、大切にしているものに気付いてもらえるようなサポートをしたりしている。

今、この瞬間を生きていることを感じよう。人はいつかは死んでしまう。守るべきものがあると、死ぬことが怖くなる。死への不安は、いつも私の至福と隣り合わせに存在している。私はこれからも、笑って人生を過ごしていきたい。

健康でのびのびと人生を歩むために家族がチームになる社会

（健康・チーム・自律）

南由佳

私には3歳から13歳の4人の子どもがいる。そして現在も病院で、フルタイムで仕事を続けている。4回の出産は、いずれも仕事が忙しい時期にわかった妊娠だった。しかし4回の出産のおかげで、私は寿命が延びていると言っても過言ではない。現在40歳の私は20歳で働き始めてから、全く仕事をしなかった時期はそれぞれの子どもたちの産後の3か月だけというほど仕事好きである。サポートしている選手に痛みがあって困っている、助けてほしいと言われると、体調や後のスケジュールを気にせず優先してしまうタイプだ。そのため自分の健康を崩した経験は、一度や二度ではすまない。

健康をサポートする立場であるアスレティックトレーナーとして、自然体で健康について伝えることができるようになったのは、母親になってからだと感じている。それまでは教科書で習った知識を伝えているだけに過ぎなかったが、親として子どもの健康を守りたい、子どものために健康でいたいと感じる気持ちが芽生えて以降、教科書からの知識だけでなく経験に基づく生きた言葉で伝えることができているように感じる。

トレーナーという仕事は、スポーツチームの監督と選手、または監督とドクターなどのパイプ役と選手一人ひとりに寄り添う仕事だ。この役割は家庭でのお母さんの役割と同じだと私は考えている。家族が一つのチームだと考えるとお母さんはそのチームのトレーナー的な存在。旦那さま、子どもさん一人ひとりに寄り添い、さらにチームメンバーがお母さんを介して必要な情報共有をしたり、健康で居心地よく過ごせる工夫をしたりと、大変重要な役割を担っていると個人的には感じている。お母さんが居心地よく過ごせるためには、家族がチームになり、お母さんだけに仕事が偏らないことも必要だと感じている。なので、各々のカラダとココロが健康であることにお母さんは常にアンテナを張り、お互いが自律した関係性でチームを作れることが必要だと思っている。

自律した関係性でチームを作るためには、親が自分自身の人生を生きて、自分が望む生き方を子どもに押し付けず、子どもたちが失敗する自由を与えてあげてほしいと強く感じている。社会の最小単位である家族というチームのメンバーが自律した関係性を築けるようになることで、学校という社会やクラスというチーム、そしていずれ子どもたちが羽ばたいていく社会、そこでの会社組織やコミュニティの中でも、自己確信をもって考えることが楽しく健康でのびのびと人生を歩める人が増えると考えている。

自分らしさとして守り続けたいもの（気づき・学び・輝き）

横山人美

「あなたの笑顔は天性のものですよ、大切に守りなさい」。大学の単位を取るためにお世話になった実習先（自分が幼いころお世話になった保育園）で、1歳からの私を知る園長先生からいただいた言葉が、35年の歳月を経ても色褪せずに心の真ん中に輝き続けている。「Keep Smiling」は5年前に起業した事業の屋号。気楽にね……とか、気にしないの他に、微笑みつづけての願いを込めた。

幼いころから「せんせい」という職業に憧れて、将来はそうなるのだろう……と漠然と思い続けて夢を実現したが、上手にピアノも弾けなければ絵も描けない。ならば技術よりも、想い優先と、自分と同じような真ん中にいる子や元気な子より隅っこで一人ぼっち、泣き顔やうつむき顔の子に微かな成長や変化が起きる瞬間を、何ものにも代えがたい幸せと感じながら、多くの子どもたちや人との幸運な出会いを重ねて、今の私があるように思う。思い返せば、バブル全盛期。街を歩けば「花の女子大生」社会に出れば「新人類」と皮肉を込めて呼ばれても、どこ吹く風。「華金」になれば背伸びしながらデザイナーズブランドを身に着け、週末は渋谷や六本木に繰り出し、居酒屋のあとはディスコで踊り、眠い目をこすりながら始発を待つ。遠く離れて住む両親に見えないのをいい事に、都会の雑踏の中で、学力よりも人との出会い、時を過ごす術、場面を取り持つ技、人を見抜く力を自然と身につけた……はずが、その後の人生は異口同音に「そんな過酷な人生を送ったように見えない」と言われるほど、波乱万丈な時を過ごした。

父が亡くなる間際に「お前に一生振り回された」と言って幸せそうに苦笑いした（と、勝手に解釈している）。どうやら私は、楽しい時もどん底に落ちた時も、自由に生きてきたようだ。愛情いっぱいの父母に見守られ、たくさんの人と子どもたちに出会い、学び、時に心配や迷惑をかけながら、どんな時も自分らしく人生を謳歌してきた。人の優しさ、甘さ、切なさ、痛さ、醜さ……という多面性を知り、人として生きる力を養う最高の場所で今も生きている。

「人生はどんなことがあっても幸せに輝き続ける」。

この一言を人生の後半をかけて、より多くの人や子どもたちにゆっくりと伝えていきたい。

コラム　エッセイ書くと人生は変わる

「そうか、これは、エッセイか！」

3冊目の出版となった本『幸せの探し方』、もともとは今までお世話になった出版社さんから出す予定だったのだけど、いろんな理由が重なって前の2冊とは違う形での出版となった。その時、担当の編集さんに「ｋｏｋｋｏさんの原稿、エッセイなんだよねぇ。有名じゃない人のエッセイは誰も買わないし読まないから」と言われたのが、ずっと頭の片隅にこびりついてた。私の原稿ってエッセイ？　エッセイはダメ？

ふみサロに入ってリブリオエッセイに出会って、「わっ！　エッセイって面白い」と素直に思った。書くのも楽しい。みんなの作品を読むのも面白い。そして、今、気づいた。

子どもの頃から書いていた「先生に読んでもらうための日記」、10年前から書いているブログ……自分の毎日の体験・経験の中からテーマを拾い出し、それをもとに読み手に伝えたい思いを文章に乗せる。これって、エッセイじゃん。ビバ！　エッセイ！

エッセイ書くと人生は変わる。ほんとだよ。

（ｋｏｋｋｏ）

読者への特典

この本では、次のような特典をご用意しています。

本書をご購入いただいた皆さまへの感謝の気持ちとして、プレゼント（動画やＰＤＦ）をご用意しています。プレゼントは左記のＵＲＬまたはＱＲコードにアクセスの上、お受け取りください。

https://yomitoku.info/books/169

＊この特典は予告なく内容を変更・終了することがありますことをご了承ください。

大森《おおもり》奈津子《なつこ》

元公立小学校教員。2010年にパーキンソン病発病、2014年3月に病状進行のため天職と思っていた教職を退職。その後、人間関係の生きづらさを感じるようになり、自律神経が乱れ、半年で救急車に6回乗ることに。やがて生きづらさの原因がわかり、今は生きづらさを感じている人のためのコーチング・セッションを始めている。現在、ジャパンストレスクリア・プロフェッショナル協会トレーナー。『鬼滅の刃』の大ファンでもある。ふみサロエッセイ集広報委員。

「心のノイズとトラウマを2つの質問で解決!『悩める心の救済カウンセラー』大森奈津子」https://ameblo.jp/miyakodori2020/

河《か》和《わ》旦《ただし》

視覚と肢体不自由の障がいがあるIT指導者。2009年3月、首都大学東京(現:東京都立大学)都市教養学部社会福祉学教室を卒業。一般の中学、高校、大学で学んだ際、補助具としてIT機器の活用が役立った。その経験から、視覚障がい者向けにIT機器の販売、操作指導、サポート業務を行う株式会社ふくろうアシストを設立。全盲の方にオフィスソフトの講習を行い、転職につなげた実績もある。現在は全盲の小学生向けにスマートフォン講座を開講中。ふみサロエッセイ集広報委員。

「目が不自由な方のためのパソコン教室　ふくろうアシスト」

https://fukurou-assist.net/

かわいはなこう

45歳で出産、小学2年生の双子の母親。子どもを育てる中、今まで避けてきた課題に向き合わざるを得ない状況に次々と直面する。愛読しているブログの著者にきっかけをもらい文章執筆サロンに入会。最も苦手な分野にチャレンジ中。このサロンで人間の奥深さを見せられ毎回感動し、将来文章で人を勇気づけたいと無謀にも考えるようになっている。

kokko《こっこ》

夫と共に飲食店を経営しながら2010年よりメンタルセラピストとして活動を開始。ハート・カウンセラーとして女性が幸せに生きるヒントを提供するための様々な講座やイベントなどを開催。2009年7月よりブログ毎日更新中。2012年『天使が我が家にいるらしい』、2015年『親毒—なぜこんなに生きづらいのか』(共にコスモ21)、2019年『幸せの探し方』(デザインエッグ)出版。ふみサロエッセイ集編集委員・広報部隊長。

「ハート・カウンセラー kokkoの幸せの探し方」

https://happy-kokko1103.jimdofree.com/

ふみサロエッセイ集制作委員会　著者一覧

朝日陽子《あさひようこ》
NPO法人えーる代表理事。結婚を機に関東から大阪へ。結婚後1年で長女、年子で次女が生まれ、虐待のグレーゾーンを経験。「かつての私のようにしんどい子育てをしているお母さんの手助けがしたい!」と、十数年一緒に子育てしてきた仲間と共にNPO法人設立。ふみサロエッセイ集編集委員・広報部副隊長。

2009年に共編著『うちの子　よその子　みんなの子～本音の付き合い、だから20年続いている』（ミネルヴァ書房）出版。

「発育発達トレーナー朝日@子育て支援NPO法人えーる」

https://ameblo.jp/akapenguin/

阿部勇二《あべゆうじ》
Twitterコンサルタント・活用トレーナー。電気回路設計者を経て、経理マンに転身。25年以上前から、経理業務の傍ら、ITスキルを磨く。37年以上前から大好きなPCスキルを活かし、会社6社のIT環境設計に携わる。企業で学んだITスキルでTwitterとブログで情報発信し、Twitterのフォロワーが2万以上に。ツイートすれば、数十分で50いいね以上、平均100いいね以上、平均表示回数6000回以上、3人以上がフォローするアカウントを持ち、Twitterの活用セミナー（月1回)、コンサルを行う。
「阿部勇二@コーヒーで映画をビタミンにする人」https://twitter.com/vaio0805

伊藤《いとう》よしき
一般社団法人日本菜食キッチンヒーラー協会代表理事。「キッチンから体質改善を!!」をスローガンに、累計2千人以上に対面料理指導。自身の体質改善をもとに、オリジナルメソッドを構築し、発酵菜食カウンセラーとして、女性一人ひとりに寄り添う食スタイルを提案。体質改善カウンセリングと調理指導を全国的に行っている。元板前のキャリアを活かし、本格的な和食を基礎から習える料理教室「四季」も主宰している。
「一般社団法人 日本菜食キッチンヒーラー協会」https://yoshikitchen.biz/

今村公俊《いまむらきみとし》
埼玉県在住。生まれつき聴覚障がいである。長年、印刷会社に務めながらランニング、サイクリングなど体力作りに励む。ランニングはハーフマラソンを完走するほど。サイクリングはこれまでの1日の最長距離が160キロ。企業社会のストレスから脱サラして数年間、介護士を務めていた。現在は不動産会社に勤める傍ら、日夜エッセイの研鑽に励む。好きな言葉は「人生における最大の嘘は『いま、ここ』を生きないこと」。
「むーのブログ」https://ameblo.jp/3201kys/

中村美香《なかむらみか》

ライター。子育てハッピーアドバイザー。自己肯定感の大切さ、甘えの重要性、HSC（ひといちばい敏感な子）についてのセミナーをアドバイザー仲間と共に開催している。2019年『ショートフィルムズ』（学研プラス）に短編小説『母と温泉』が掲載される。2015年よりブログで「子育ての気づき」を、2017年よりnoteでエッセイ・短編小説を執筆中。

「涙と笑顔のあいだ」https://tearsmile24.hatenablog.com/

ねもとよしみ

茨城県水戸市出身。大手企業を退職後、ワーキングホリデーで1年間カナダ各地を旅し、「バナナブレット」と出会う。帰国後結婚し息子3人の育児と親を介護し、専業主婦から2003年自宅で菓子店「スコーンドルフィン」を起業。臆病ながら無理せずに積み上げげた起業メソッドで、卸・店舗・インターネット・百貨店催事・お菓子教室・起業講座を主宰。2020年9月『怖がりさんほど成功する自宅起業』（みらいパブリッシング）を出版。

「スコーンドルフィン店舗HP」https://dolphin-st.com/

羽木桂子《はぎけいこ》

旅行会社、輸入会社勤務を経て、フリーランスへ。会社員ワーママとして苦労した経験や、ライターとして、インターナショナルスクールや国際教育関係のサイトでのコラム連載を通して、自身のブログ「小学生からの国際教育Cafe」を運営し、コーチング、国際教育相談を提供している。これまでの職種に関連した旅行業、輸入コンサルタント、Webサイトの運営等にも関わり、好奇心を仕事につなげながら、様々な活動をしている。

「小学生からの国際教育Cafe」https://bluebooby.net

花野井美貴子《はなのいみきこ》

アフィリエイター。広告代理店マーケティング局に勤務。制作部異動を希望。宣伝会議コピーライター講座に通い、J-WAVE主催のNECスピークスのコピーライティング佳作入選。会社に申請するが希望は通らず。後に会社を介護退社する。2000年企画塾で事業企画を勉強。2001年~2013年までフリーランスライターとして活動。2013年に体調不良で廃業。2018年復帰。アフィリエイトの勉強を始める。ふみサロエッセイ集広報委員。

「私の生き様」https://ameblo.jp/giden9503/

坂本圭《さかもとけい》

サッカー研究家。「サッカーを知らなかった」著者が教員を退職し渡西。バルセロナでスペインサッカーコーチングコースを受講したことでサッカーの構造が理解でき、卒業論文でダイヤモンドオフェンスを考案。スペインサッカーコーチングコースレベル3（日本のS級相当）取得。著書『ダイヤモンドオフェンス　～サッカーの新常識　ポジショナルプレー実践法～』（日本文芸社）。埼玉県川越市に設立されたCOEDO KAWAGOE F.C監督に就任。

「フットボール進化大学」https://note.com/sakamotokei68

咲田栞里《さきたしおり》

ハンデのある子どもの育て方アドバイザー。我が子の不登校や引きこもりの経験をきっかけに心理学を学ぶ。子ども時代の精神的な関わり方の大切さに気づき、障がい者、障がい児支援事業を展開している。ミッションは「考える力＝生きる力」を子どもたちに伝えていくこと。子どもの自己肯定感を高める関わりを周りの大人たちが行うことで、子ども自身が自分の特性を強みに変えて安心して社会に踏み出せる仕組みづくりを行っている。

「発達障碍児療育支援アカデミー」https://power-to-live.com/

添田衣織《そえだいおり》

子供教育シンフォニー主宰。米国、豪州、ドイツへと渡り歩き、2021年にて親子留学11年目。ベルリン在住。孟母三遷の教えを実践してきた。『子供と一緒に飛び発とう！親子留学のすすめ』（みらいパブリッシング）を出版。親子留学の教育相談と同時に2020年7月より「主婦のためのはじめてのweb起業」を立ち上げ、ブログ集客講座に続々と申し込みが入り、お母さんのお尻を叩き中。オリジナル「ほっこり母親学」にもファンが集う。

「子供教育シンフォニー」https://knoow.jp/@/Volley

鶴田恵美子《つるたえみこ》

一般社団法人日本支援助言士協会会長。アドラー心理学研究30年、DV・離婚・親子問題等カウンセリング実績3千人以上。現在は多くのコミュニティカウンセラーを養成輩出している。地域ボランティアの育成、幼稚園での子育て相談、専門学校でアドラー心理学講師、「女性が輝いて生きる」をテーマに講演活動。2020年4月『アドラーに救われた女性たち』（みらいパブリッシング）を出版。多くの女性たちに勇気を与えている。

「日本支援助言士協会」https://www.sienjogensi.org

村上三保子《むらかみみほこ》

ママのイライラを笑顔に変える専門家。2歳からの子ども料理教室「子どもカフェ」を主宰。「上手につくる」ことより「楽しくつくる」をコンセプトに、7千人以上のママに料理を通して子育ての楽しさ、子どもが自立する子育て法を伝えている。幼稚園、保育園など講演多数。「おはよう朝日です」(朝日放送テレビ)などのメディア出演もあり。2020年初著書『ようこそ!子育てキッチンへ』(みらいパブリッシング)出版。

「子どもカフェホームページ」https://kodomo-cafe.com/

横須賀《よこすか》しおん

詩人、著述家、連詩マニア・自作詩の朗読。独特のリズム感のある文章が多い。2020年横須賀連詩倶楽部発足・主催者。(子どもの頃のニックネームはニノキン“二宮金次郎”)。2019年初詩集『いつだってアイはあのころのまま』(インプレスR&D)。2021年初夏・第二詩集『ひまわりのなみだ』発売予定。クラブハウス@yokosukashionフォロー歓迎!　ふみサロエッセイ集編集委員。

「横須賀しおん情報へジャンプ」

https://knoow.jp/@/yokosukashion

横山人美《よこやまひとみ》

講演・セミナー講師。パーソナリティコンサルタント。成城心理コミュニケーション協会認定プロフェッショナル講師。幼稚園教諭、英会話教室講師を経て2016年Keep Smilingを起業。発達障がいをもつ息子の母としての経験と、35年間、のべ2千人を超える子どもたちと現役で関わり続ける経験に、心理学の知識を組み合わせた講演活動、セミナー、メディアでの監修・発信には定評があり、多くのリピートを得ている。

「横山人美 公式サイト Keep Smiling」https://hitomiyokoyama.jp/

吉田真理子《よしだまりこ》

ゆるゆる健康運動指導士&フィットネス作家。1997年、フィットネス誌で『インストラクター物語』(ハートフィールド・アソシエイツ)をペンネームで連載開始(2004年単行本化)。日本で唯一、現役インストラクターによる物語として、25年超えの現在も出版元、掲載誌を変遷し連載継続中。2017年、『ずぼらさん、ぐうたらさんでもできる朝1分夜1分 軽・楽すとれっち』(ベースボール・マガジン社)を本名で上梓。2019年、オタク全開エッセイ執筆進撃開始!ふみサロエッセイ集編集委員。

「吉田真理子情報」https://knoow.jp/@/yoshidahatamariko

瓶子《へいし》かずみ

1996年商業高等学校卒業（現:川崎市立幸高等学校）。2006年10月23日、とある駅で「うつ病」を発症。2011年、「世界一マインド」伝承者・後藤勇人氏主催の「横内塾」に受講を機にうつ病にならなければ絶対縁が無いであろう著者や会社の社長等との人脈ができた。以降、後藤勇人氏のアドバイスのもと、「ストレスはコントロールすることができる!」を広く伝えるべく「ストレスフリーライフプロジェクト」の立ち上げ準備をしている。

「瓶子かずみのストレスフリーライフプロジェクト」

https://ameblo.jp/kazuenigma/

真恵原佳子《まえはらよしこ》

オーガニック好き主婦。海外在住歴5年。欧州、アジア、北米、南米から豪州まで15カ国以上を旅行。もともと都内のOLだったが、国際的な仕事に興味を持ち、外国人を対象とした日本語教師を8年以上経験。その後、病気になり2度の入院を経験。不登校で、ひきこもりがちな子どもとともに日々プチ鬱と格闘しながら、未来の子どもたちや地球の幸せに繋がる出版を目指して、現在はエッセイに取り組んでいる。

南由佳《みなみゆか》

スポーツで夢を叶える専門家。アスレティックトレーナー。

健康にのびのびと人生を歩む人が増える社会を目指して、20年間の医療・スポーツチームのパイプ役をしてきたトレーナーの知識と技術、4人の子育てとフルタイムの仕事の両立の経験をもとに、「家族の健康を守るママトレーナー養成講座」を主宰、子ども発信の夢を本気で応援できる母親を育成している。 家族がチームになるためのヒントを毎日メルマガにて配信中。

「スポーツで夢を叶える専門家アスレティックトレーナー」

https://peraichi.com/landing_pages/view/minamiyuka

三宅千秋《みやけちあき》

1978年2月19日生まれ。

滋賀県大津市琵琶湖畔で娘と暮らす40代の子育て主婦。

主婦のウェブ起業家を生業とする「主婦のひとり時間専門家」。「ひとり時間」に「ノートのお城」で「豊かな時間をつくる」という方法を使って、主婦の暮らしに「ルネサンス」を興す人。ふみサロエッセイ集広報委員。

「主婦のひとり時間専門家」https://one-person-rebirth.com

おわりに

塾長　城村典子

感じ方は、一人ひとり違っていい。

人類は、多様性があったからこそ今まで滅亡せずに生き残ってきた。だが、現実には、自分と違うことに、違和感や嫌悪感を覚えることもある。

「違い」を受け入れること、「違い」から文化を発展させることは、ずっと私たちの重要なテーマであり続けるのだろう。

「自分の感じたことを書く」「他者との価値観の違いを楽しむ」。そんな方針で「ふみサロ」というエッセイ塾をスタートさせた。ここで生まれた作品から生まれたのがこのエッセイ集だ。

幼いころ、「おしゃべりできる人ってすごい」と思っていた。

年齢を重ねた今となれば、否が応でも、語彙《ごい》は増えるし、図々しくもなるし、対応力もついて話をする。幼い子どもが流暢《りゅうちょう》に喋れるはずもないのに憧れていたもの、それは、「伝えたい」「繋がりたい」と思う気持ちの原石だったように思う。

あれから、自分の好奇心と運命に翻弄《ほんろう》されながら生きていたら、いつの間にか「編集者」といわれる仕事をしていた。本が好きだからとか、編集者になりたかったからこの仕事をしているという感覚は薄い。「表現」することの近くにいて、「表現する人」を応援することに、異常なほどの関心がある。

エッセイについての講師は、過去にも何度か経験をしていた。出版社勤務の編集者だった時や、退職してからは大学の社会人学習の場で。だから、この「ふみサロ」も、2019年の7月にスタートさせ、自分が楽しくなることは知っていた。

参加してくれている仲間が楽しいかどうかは、私は参加者ではないので分からないが、私は楽しい。

本から刺激を受ける。自分の軌跡とコネクトする。人に伝える作品にする。仲間の作品を読む。仲間の作品を講評する。自分の作品の講評を聞く。感想を発表する。

一つの本から受け取るものは一人ひとり違う。なので、出来上がってくる作品も様々。多様な価値観がそこにある。多彩な仲間の感性を受け止め自分の表現を磨いていく。

作品は、毎回、毎回、パンドラの箱。参加者一人ひとりの深い心の奥の宝石が現れ、作品の形になって躍動する。

講師ができることなど、限られている。方向性を示すこと。毎月ちょっとした講義を行うこと。

そんな非力な講師が、1年前、いつものように「エッセイ集を出版しよう」と、声をかけエッセイ集刊行に向けて動き出した。

仲間との合評会という閉じられた場所から表に旅立っていく。

私のプランに乗ってくれた24人の作者、そして1人の著者でも本を刊行するのは大変なのに、24人の多彩な作家と多様な作品を編んでくれた編集委員と版元編集者さんのおかげで刊行となった。

そして、何よりここまで読んでくださった読者の皆様に感謝を申し上げたい。

ご自身だったらどんなエッセイを書こうか、イメージをしていただけたら、さらに嬉しい。

人生を変えるエッセイ塾「ふみサロ」のご案内

自分らしさを正しく伝えられるような文章が書けるようになるコツを知りたい！

あなたがもし、そのようにお考えなら「ふみサロ」も選択肢の一つに、なりうるかもしれません。「ふみサロ」では毎月お題になる本が出され、その「課題本」から得たインスピレーションをもとに、８００字程度のエッセイを自由に書いて提出します。これに対して互いに講評しあうことによって文章力に磨きをかけていくのですが、基本的には、いいところを探して褒めあう事を主たる目的として講評していきます。塾長は元書籍編集者の城村典子先生。塾プロデューサーにベストセラー作家の後藤勇人先生を迎え、参加者は、出版経験者、普通の主婦、海外の方など様々……それが一度参加するとヤミつきになり、だんだんとハマっていくほどの面白さ。それぞれの立場からのフィードバックを受けられる。それが、どんどん文章が上手くなっていく理由の一つです。同じ題材を扱いながらも、こんなにまで人それぞれ受け止め方が違うものなのか。様々な人生を垣間見ることによって視野が広がり、知らなかった世界や考えた事もなかった立場上の違い、感じ方を知ることができる面白さ。自己開示のレベルも凄まじく、絶対に本に載せられないようなぶっ飛んだエッセイが限定公開される事もしばしば。オンライン参加可能なので、住んでいる場所やハンディキャップの有無にかかわらず、誰でも自由に参加できる事も、「ふみサロ」人気の理由の一つ。ものぐさな性格で締め切りも何の強制力もない環境下では、書き続けるのが難しいメンバーにとっては、毎月の課題提出、締め切り日のある生活が、日々の暮らしの原動力になっている場合も……。

本当に楽しく、和気あいあいと合評会を繰り返してきた「ふみサロ」ですが、今回新たな特徴として、書いた作品をエッセイ集にして出版できる仕組みまで追加される事になりました。メンバーとともに人生を変える文章と冒険の旅に、あなたも今こそ旅立ってみませんか？

人生を変える文章修行塾　「ふみサロ」

「ふみサロ」プロデューサー兼ゲスト講師

後藤勇人《ごとうはやと》

女性を輝くダイヤモンドに変える！「女性起業ブランディング専門家」。国内のみならず海外にもクライアントを持つ人気。グレコのギターで有名な世界一のギター会社フジゲン創業者、横内祐一郎氏をブランディングプロデュースする実績を持つ。2019年にはミス・グランド・ジャパンのキャリアアドバイザーを勤める。ヘアサロン・日焼けサロン・不動産賃貸会社を経営する経営者でもあり、著書を12冊もつ。『結果を出し続ける人が夜やること』・『結果を出し続ける人が朝やること』などベストセラー多数。城村氏とは著者・編集者としての交流。「ふみサロ」のプロデュースをスタートする。

「ふみサロ」塾長

城村典子《じょうむらふみこ》

書籍編集者／青山学院大学非常勤講師（出版ジャーナリズム）
講談社、角川学芸出版などの出版社に勤務した後、2012年に独立。書籍編集、角川フォレストレーベル立ち上げと編集長などの業務のほか、事業部の立ち上げ、出版社創設など、出版事業全般に渡る業務を30年経験。2014年に株式会社Ｊディスカヴァー設立。出版セミナー、勉強会などをスタート。毎月セミナー等のイベントを開催。2009年、2013年、世界旅行クルーズ船内で「自分史エッセイ」講座を行う。2019年7月リブリオエッセイの塾「ふみサロ」をスタート

ふみサロエッセイ集制作編集委員（第1期）

編集委員
編 集 長　横須賀しおん
副編集長　吉田真理子
　　　　　kokko　朝日陽子
広報委員
大森奈津子　河和旦　三宅千秋　花野井美貴子

24色《しょく》のエッセイ
人生《じんせい》を変《か》える文章塾《ぶんしょうじゅく》「ふみサロ」の奇跡《きせき》

2021年6月26日　初版第1刷

著　者　ふみサロエッセイ集制作委員会

発行人　松崎義行

発　行　みらいパブリッシング

〒166-0003 東京都杉並区高円寺南4-26-12 福丸ビル6F
TEL 03-5913-8611　FAX 03-5913-8011
https://miraipub.jp　MAIL info@miraipub.jp

企画協力　Jディスカヴァー

編　集　谷郁雄　安達麻里子

イラスト　光波

ブックデザイン　洪十六

発　売　星雲社（共同出版社・流通責任出版社）

〒112-0005 東京都文京区水道1-3-30
TEL 03-3868-3275　FAX 03-3868-6588

印刷・製本　株式会社上野印刷所

ISBN978-4-434-29033-6 C0095